DER GRABEN/GRAPA

Ein Film von Birgit-Sabine Sommer,
produziert von Kurt Langbein & Partner
Das Buch zum Film mit DVD im Wieser Verlag

Die Erzählung der Zeitzeugen im Buch sind mit historischen Aufnahmen aus den Familienarchiven illustriert. Szenenfotos von den Dreharbeiten der filmischen Nacherzählung an Originalschauplätzen mit Originalrequisiten, dargestellt von den Nachkommen der Zeitzeugen und Protagonisten, zeigen Detailansichten von Menschen, Gegenständen und Orten des Geschehens und durchbrechen die in die Vergangenheit gerichteten Blicke. Damit wird das Buch zu einer Einladung, sich auf den Weg der Mediation zur Bewältigung des Jahrhunderttraumas einzulassen.

DER GRABEN GRAPA

Ein Tal – zwei Volksgruppen – eine Geschichte

Birgit-Sabine Sommer

Wieser

Herausgegeben von Brigitte Ortner und Lojze Wieser

Die Herausgabe dieses Buches wird
vom Zukunftsfonds der Republik Österreich unterstützt

*Zukunfts***Fonds**
der Republik Österreich

Wieser *Verlag*
www.wieser-verlag.com

A-9020 Klagenfurt/Celovec, 8.-Mai-Straße 12
Tel. +43(0)463 37036, Fax +43(0)463 37036-90
office@wieser-verlag.com
www.wieser-verlag.com

DER GRABEN
GRAPA

Eisenkappel: In den Bergen und Tälern leben die Volksgruppen

Der Graben / Grapa

Jeder Film erzählt Geschichten, und dazu gibt es immer auch noch die Geschichte, in der erzählt wird, wie der Film zustande kam. Die wird sehr selten erzählt. Dabei beginnt diese mit einer ganz alten Geschichte. Damals war der Mann, der sie mir erzählte, noch nicht geboren, und sein Vater war selbst noch ein Kind. Ein magerer Junge, die Schultern immer hochgezogen. Stets in kurzen Hosen und meistens barfuß. Einer, für den der elterliche Hof, Bäche und Wald, Schluchten und Höhlen, Speisekammer, Schwarzküche, Stall und Tenne, Dörre und Mühle ein ganzes Universum bedeuteten. Unten an der Kornmühle sollte die Geschichte ihren Anfang nehmen. Der Vater dieses Jungen war das zweite Mal in seinem Leben als Soldat in den Krieg gezogen. Und hatte jetzt die Fronten gewechselt. Auf Urlaub zu Hause, entschied er sich, nicht weiter für die Deutschen zu kämpfen, sondern für die eigenen Leute, für ein freies Kärnten, vielleicht auch für Jugoslawien – auf jeden Fall aber als Partisan gegen die deutschen Nazis und Faschisten. Ob und wie sich der Mann mit seiner Frau besprochen hatte, wissen wir nicht. Aber er ging, und ließ seine Frau und zwei Söhne auf dem kleinen Anwesen zurück. Es war eine Zeit, in der die Erwachsenen Entscheidungen trafen und die Kinder folgsam waren, auch wenn diese Entscheidungen sie hart treffen und für ihr ganzes Leben prägen sollten. Aber wussten sie das damals schon? Der Vater ging also zu den Partisanen, er dachte sicherlich, der Krieg dauere nicht mehr lange.

Die Männer bei der Gendarmerie, der Gestapo und den NS-Polizeiregimentern hatten sich ebenfalls entschieden. Sie taten alles, um die Partisanen zu bekämpfen und zu schwächen. Sie versuchten, Geständnisse und Informationen zu erzwingen: Wo ist der Vater, der Sohn, der Mann? Wann kommt er wieder? Und drangsalierten die Familien. Diese Männer schreckten auch vor Foltermethoden nicht zurück, sondern wandten sie als probates Mittel an.

Sie nahmen sich auch den mageren Jungen vor, dessen Vater zu den Partisanen gegangen war. Sie schlugen und traten ihn, bis seine Füße ganz blutig waren. Dann, unten auf der Wiese neben der Mühle, nahmen sie einen Strick, legten ihm eine Schlinge um den Hals, warfen den Strick um einen Nussbaumast und zogen den Jungen daran hoch. Als das Zappeln des Kindes schwächer wurde, ließen sie ihn wieder herab. Na, wo ist dein Vater versteckt? Der Junge überlebte die Folter. Seine Peiniger kamen nie vor Gericht.

Diese Geschichte ist mir dreimal erzählt worden. Vom älteren Bruder des Jungen, von seinem besten Freund aus der Nachbarschaft und von seinem Sohn.

Diese Geschichte ließ mich nicht mehr los. Ich sah in Gedanken den zwei Jahre älteren Bruder daneben stehen. Ich sah Kinder in Todesangst, zitternde Glieder und vollgepisste Hosen, tränenverschmierte Gesichter und irre Blicke.

Denn das war Wahnsinn. Und die Kinder waren mittendrin, ohne Ausweg. Und ohne Schutz.

Aber wie ging es den Polizisten, wenn sie nach getaner Folterarbeit nach Hause zu ihren Familien gingen? Sie hatten vielleicht selbst Kinder im gleichen Alter wie ihre kindlichen Folteropfer. Ich sah Männer, die ihre Nachbarn grüßten, zu Hause in den Stuben die warme Suppe genossen, die ihre Frauen ihnen mit dem wenigen, was die Lebensmittelkarten hergaben, bereitet hatten. Sie fühlten sich im Recht, handelten auf der richtigen Seite, dachten sie. Das Leben dieser Menschen wie auch das Leben der zahlreichen Augen- und Ohrenzeugen, der harmlosen Mitläufer und der überzeugten Hassprediger war erschreckend banal. Über allem Tun – und über allem Nichttun lag in dieser Zeit ebenso wie in der heutigen die weiche, warme Decke einer gefühlten Normalität. Darunter aber lag ein Wahn-Sinn, dessen zerstörerisches Werk bis weit nach 1945 nachwirkte, die nächsten Generationen infizierte.

Diese Vorstellung von Tätern und Opfern war für mich ein Ausgangspunkt, um mich auf die Suche zu machen. Nach den Spuren von Kindheit und Jugend in dieser Zeit, nach Indizien für die Normalität, den Alltag, das vermeintlich Banale. Und so geht es in „Der Graben" eben nicht um berüchtigte Kriegsverbrecher, um radikale Nationalsozialisten oder um extreme Nationalchauvinisten deutscher oder slowenischer Prägung in Kärnten wie in vielen herausragenden historischen Dokumentationen und Forschungsarbeiten, sondern mehr um das Stille, das Alltägliche, Unspektakuläre, das in der Summe die Lebensbedingungen der Mehrheiten ausmachte. Und darum, wie sich diese Lebensbedingungen auf Kinder und Jugendliche auswirkten.

Ich wollte unabhängig recherchieren, um Menschen begegnen zu können. Sie nicht katalogisieren aufgrund ihrer Elternhäuser, Namen, Sprachen. Sie nicht zuordnen, weil ihre Eltern Abwehrkämpfer waren oder Kommunisten, Partisanen oder Wehrmachtsoffiziere. Weil sie selbst sich engagieren in die eine oder andere Richtung. Das alles galt es abzulegen wie einen Mantel, der zwar wärmt, aber auch abschirmt und verdeckt. Darunter fanden sich dann die Menschen und ganz andere Geschichten, vielfältige Leiderfahrungen und Ängste, aber auch Freuden und schöne Erinnerungen.

Ich danke allen, die mir aus ihren Leben berichteten, für diese Geschichten und für das große Vertrauen, das sie mir damit schenkten. Fast zwei Dutzend Interviews konnte ich machen. Fast jedem kamen im Gespräch irgendwann die Tränen. Manches Mal wurde erst hinterher klar, wie unglaublich belastend das Gespräch für den Menschen gewesen sein muss. Stunden von Material gab es zu sichten. Dazu kamen die vielen Fotos und Dokumente aus den Familienarchiven. Nun bekamen die Menschen, über die vorher erzählt wurde, ein Gesicht. Ein Netz aus Beziehungen entstand, Parallelen in Lebensläufen schienen auf. Daraus wurden die Szenen entwickelt, die wir gemeinsam für den Film nachspielten. Zdravko Haderlap, der Theatermacher und Fotograf, machte sich mit mir auf die Suche nach geeigneten Orten und Bühnenbildern für unsere Szenen. Uns wurden unglaublich berührende, schöne und verlassene Räume gezeigt und als Drehorte zur Verfügung gestellt. Manche schienen nur auf uns zu warten, um noch einmal belebt zu werden, aufzublühen. Nora Kurzweil, die für die Ausstattung des Filmes zuständig war, öffneten sich Türen und Truhen, Schränke und Herzen. Unser Fundus zählte hunderte von kleinen Dingen bis hin zu alten Fahrrädern. Die Komparsensuche begann. Wir sprachen in Vereinen vor, suchten über Facebook, telefonierten. Eine unglaubliche Zahl an Spielwilligen fand sich ein. Jetzt galt es, die Geschichten weiterzuerzählen, sodass man sich einfühlen kann, in das, was gleich gespielt werden soll. Kinder erfahren und erforschen die Welt durch das Spiel. Jetzt erforschten die Komparsinnen und Komparsen durch Nachspielen die Gefühlswelten der Eltern und Großeltern.

Nachspielen, nachfühlen, nachdenken – ich danke allen, die sich diesem Experiment anvertrauten und dem Film so Leben einhauchten. Vertrauen und gegenseitige Wertschätzung haben das Projekt „Der Graben" getragen und überhaupt erst ermöglicht. Kurt Langbein fing damit an, als er nach zehnminütigem Gespräch mit der fremden Redakteurin aus Deutschland freundlich lächelte und meinte: „Gehen wir es an."
In diesem Sinne wünsche ich den Leserinnen und Lesern dieses Buches und den Zuschauerinnen und Zuschauern unseres Filmes eine gute Reise durch die Erzählungen aus einer Zeit, die die meisten von uns nicht mehr erlebt haben, die aber uns alle geprägt hat.

Birgit-Sabine Sommer
Frankfurt am Main / Lepena, Frühjahr 2015

EINGRABEN, AUSGRABEN

Ich kenne die kulturelle Vielfalt Kärntens auch aus meiner persönlichen Geschichte, meine Mutter stammt aus Südkärnten.

Und ich kenne die Einfalt, mit der die Vielfalt niedergepresst wurde. Die feindliche Starre, in der die beiden Volksgruppen einander gegenüberstanden und oft noch stehen, kann nur verstehen, wer die tiefen Spuren kennt, die die Auseinandersetzung der letzte 100 Jahre in das kollektive Gedächtnis eingebrannt hat. Der militärische Widerstand der slowenischen Partisanen gegen das nationalsozialistische Terrorregime war wichtig für die Wiedererlangung der Unabhängigkeit Österreichs, aber der Krieg hat in jeder Familie Narben in den Seelen hinterlassen.

Das scheinbar Unauflösliche hat nun Birgit-Sabine Sommer mit Klugheit, Offenheit und enormem Beharrungsvermögen gelockert, wenn nicht gelöst: Erst kämpften sie gegeneinander. Dann schwiegen sie. Nun machen sie gemeinsam einen Film. Menschen, die bisher bestenfalls nicht miteinander gesprochen haben, rekonstruieren nun gemeinsam ihre Geschichte. Zuweilen noch nebeneinander, aber für denselben Film. Die von Birgit-Sabine Sommer konzipierte Methode des „partizipativen Re-Enactments" bietet herausragende Chancen, dem kollektives Gedächtnis Neues beizufügen: die einfühlsame Kenntnis von Erlebnissen und Gefühlen der anderen.

Ein Jahr lang arbeiteten Filmprofis mit den Bewohnern, um die Geschichte Südkärntens verstehbar zu machen. Zeitzeugen aus der slowenischen und der deutsch-kärntnerischen Volksgruppe erzählten von ihren Erlebnissen vor und im 2. Weltkrieg. Enkel, Nachbarn und Freunde spielten die erzählten Geschichten in Filmszenen nach. Mehr als 200 Menschen machten mit und viele Familien durchstöberten die Truhen auf den Dachböden nach alten Kleidern oder richteten Erinnerungsstücke fürs Filmen wieder her.

„Ich hab' mir meine Eltern nicht aussuchen können und der andere auch nicht. Haben wir jetzt einen Grund, dass wir uns weiter anfeinden sollten?", fragt Paul Bevc im Interview für das Making-of des Filmes. Schön, dass solche Fragen gestellt werden.

Kurt Langbein, Produzent

Personen, Orte, Begebenheiten 1919–1958

1919   Geburt von Lydia Ortner

1920   Volksabstimmung Kärnten

1922   Geburt von Stefanie Piskernik

1923   Geburt von Anna Sleik

1925   Geburt von Katharina Petschnig

1927   Rudolph Drechsler wird Mitglied in der NSDAP

1928   Geburt von Ernst Blajs

Stefanie Piskernik kommt zur Schule

Josef Welz, Vater von Adolf Welz, wird Förster im Remschenig-Graben

Katharina Petschnig wird zu ihrem leiblichen Vater, Lukas Kogoj, gegeben

1929   Mutter von Ernst Blajs begeht Selbstmord

1930   Geburt von Anton Haderlap

Anna Sleik bekommt Kinderlähmung

1931   Firmung von Lydia Ortner

1932   Geburt von Mara Pradetto

1933   Geburt von Adolf Welz

Geburt von Ottmar Maloveršnik

1934   Ernst Blajs kommt zur Schule

Josef Welz führt den Juli-Putsch im Lavanttal an, seine Frau soll dafür Waffen versteckt haben.

Nach dem Juli-Putsch flüchtet Familie Welz nach Deutschland

Stefanie Piskernik feiert Firmung in Klagenfurt mit ihrer berühmten Tante

1935   Geburt von Josef Nečemer

Geburt von Vladimir Prušnik

Geburt von Gottfried Besser

Geburt von Edgar Piskernik

Vater Karel Prušnik wird in Karlau inhaftiert

1936   Vater von Stefanie Piskernik stirbt

1937	Katharina Petschnig lebt ab jetzt auf dem Čemer-Hof
	Anton Haderlap kommt zur Schule, kann kein Deutsch
1938	10. April: Lydia Ortner fährt nach Klagenfurt, um Hitler zu hören
	Rudolf Drechsler, Onkel von Bedi Böhm-Besim, wird Bürgermeister von Bad Eisenkappel
	Katharina Petschnig fährt mit anderen Schülerinnen nach Dresden
	Mara Pradetto kommt zur Schule
	Geburt von Karoline Haderlap
	Verbot der slowenischen Sprache in der Schule
	Michael Haderlap, Vater von Anton Haderlap, wird einberufen
1939	Familie Welz kehrt nach Kärnten zurück auf den Petzenhof
	Stefanie Piskernik arbeitet bei der Post
	Lydia Ortner macht ihr Pflichtjahr in Wien
	Französische Kriegsgefangene befestigen die Straße in Leppen
1940	Lydia Ortner wird einberufen
	Geburt von Bedi Böhm-Besim in Istanbul
1941	Eisenkappel voller Militär wegen Angriff auf Jugoslawien
	Bei Familie Besser wird ein Munitionsdepot im Saal eingerichtet
	Anton Haderlap bewundert die Ausrüstung der Soldaten
	Vater von Ottmar Maloveršnik wird eingezogen zur Ostfront
	Vater von Ernst Blajs fällt an der Ostfront
	Katharina Petschnig begegnen erstmals die Partisanen auf dem Čemerhof
1942	14. April: Vladimir Prušnik wird mit seinen Großeltern deportiert
	August – erste Partisanenkämpfe in Kärnten
	Partisanen überfallen die Bauern auf dem Rieplhof
	November: Verhaftungswelle in Eisenkappel
	30. November: Mara Pradettos Mutter Prušnik wird verhaftet.
	Schule in Leppen wird nach Schießerei geschlossen
	Anton Haderlap geht in Eisenkappel zur Schule
	Anna Sleik besucht nach Gesellenprüfung in München die Modeschule

1943 Partisanenhochzeit im März, aber alle entkommen trotz
der Spuren
Bedi Böhm kommt als dreijähriger Junge aus der Türkei nach
Eisenkappel
Lydia Ortner besichtigt die Akropolis als Blitzmädel der
Wehrmacht
Vater von Anton Haderlap geht zu den Partisanen
12. Oktober: Verhaftungen im Graben: Katharina Petschnig und
Mutter von Anton Haderlap
10. Dezember: Katharina Petschnig kommt im KZ Ravensbrück
an
April 1943: Freisler verurteilt Partisanen in Klagenfurt zum Tode.
Ernst Blajs wird ins KZ Moringen deportiert
Mutter von Ottmar Maloveršnik wird ins KZ Ravensbrück
deportiert
1944 Partisanen überfallen Versorgungstrupp zum Hochobir
Adolf Welz erlebt Partisanenüberfall, alles geht gut aus
Partisanen erschießen den Onkel von Ottmar Maloveršnik
Partisaninnengruppe von Anton und Zdravko Haderlap wird
verraten
Tine Pečnik nimmt die Haderlap-Söhne zu seiner Partisanen-
einheit
September: Adolf Welz kommt zur Napola
Bombenalarm Napola, die Schule wird geschlossen
Bombenalarm im Lager Frauenaurach in Deutschland
Karoline Haderlap bekommt eine kleine Schwester
Am 26. Dezember treffen die Haderlap-Brüder ihren Vater
Michael im Partisanenbunker wieder
1945 Ernst Blajs im Todesmarsch der KZ-Insassen
25. April: Peršman-Massaker
25. April: Vladimir Prušnik erlebt die Befreiung aus dem Lager
durch die Amerikaner
30. April: Anton Haderlaps Partisaneneinheit trifft auf Wehr-
macht
Karoline Haderlaps kleine Schwester stirbt an Diphterie

8. Mai: die beiden Haderlap-Brüder werden entlassen
Karel Prušnik kommt zurück und verlässt seine Familie
9. Mai: Partisanen verschleppen Stefanie Piskernik und ihren
Bruder zusammen mit vielen anderen Deutschkärntnern und NS-
Funktionären aus Eisenkappel
Anna Sleik wird von Partisan Kolja gewarnt und versteckt sich
rechtzeitig
Grete Niederdorfer erlebt die Verschleppung ihrer Schwiegermut-
ter und ihrer Schwägerin
18. Mai: Vater von Lydia Ortner wird in Prävali / Prevalje auf
einem LKW das letzte Mal lebend gesehen
19. Mai: Anna und Rudolph Drechsler werden das letzte Mal
lebend gesehen
Im Gasthof Besser quartieren sich die Engländer ein
27. August: Ernst Blajs kommt zurück aus dem KZ Moringen
Vater von Adolf Welz wird inhaftiert in Wolfsberg „Camp 373"
Mutter von Adolf Welz wird in Klagenfurt zu einem Jahr Haft in
Gurk verurteilt
Mara Pradetto und ihre Schwester Vera gehen nach Ljubljana ins
Internat
Vater von Edgar Piskernik wird wieder Bürgermeister
1946   An der Grenze zu Jugoslawien (Luscha-Alm) werden Schmuggler
und ein Liebespaar erschossen
Familie Piskernik bekommt die erste Postkarte aus der russischen
Kriegsgefangenschaft
1947   Anton Haderlap tritt dem slowenischen Chor bei
Mutter von Adolf Welz wird aus der Haft entlassen
Karel Prušnik wird von den Briten in Karlau inhaftiert
Edgar Piskerniks Bruder kommt zurück aus der russischen
Kriegsgefangenschaft
Vater von Bedi Böhm-Besim macht in Wien das Teppichgeschäft
auf
Vater von Ottmar Maloveršnik brennt versehentlich sein Haus ab
1948   Bedi Böhm-Besims Vater umgeht den Zoll durch Bestechung mit
Schinken und Wurst

Karel Prušnik wird erneut von den Briten in Karlau inhaftiert
Bedi Böhm-Besims Tante Adelheid Böhm sagt bei der Gendarmerie in Eisenkappel aus über die Verschleppung ihrer Schwester und ihres Schwagers.
Vladimir Prušnik hat einen Auftritt anlässlich des 40-jährigen Jubiläums des slowenischen Kulturverbandes
Ottmar Maloveršnik zieht in den Lobnig-Graben

1949 Vater von Adolf Welz wird aus der Haft entlassen
Anton Haderlap macht seine erste Jagdprüfung
Großvater von Vladimir Prušnik wird operiert

1950 Stefanie Piskernik wird Mutter von Friedel

1951 Adolf Welz beginnt in der Zellstoff-Fabrik zu arbeiten
Stefanie Piskernik trifft ihre große Liebe
Die Existenz eines Massengrabes im Mießtal wird zu Protokoll gegeben

1952 Mara Pradetto besteht die Matura in Ljubljana und eröffnet mit ihrer Mutter ein Gasthaus in Klagenfurt
Bedi Böhm-Besim macht eine Radtour nach Trögern
Bruder von Ernst Blajs heiratet

1954 Josef Nečemer muss mit Vormund Hof übernehmen
Edgar Piskernik macht die Matura

1955 Ernst Blajs heiratet, Katharina Petschnig heiratet, Adolf Welz heiratet

1957 Anton heiratet Vera: die „Partisanenhochzeit"

1958 Josef Nečemer heiratet Maria
Karoline Haderlap heiratet

(Angaben sind den Interviews entnommen)

Lydia Ortner
letnik 1919

Otroštvo in mladost Lydije Ortner sta bila temačna zaradi bankrota družine, ki je po prvi svetovni vojni obubožala. Urar Florian Ortner ni znal slovensko, njegova druga žena, Lydijina mama, pa je bila Slovenka. Razmere so bile skromne, glasba pa je igrala veliko vlogo. Imeli so klavir, citre in kitaro. Lydia Ortner pa se je bolj zanimala za šelakove plošče in radio. Rada je brala romane in bila srečna, kadar jo je oče, ki je delal v Železni Kapli dodatno še kot kino-operater, vzel v kino s seboj. Ko se je pričela vojna, so Lydijo vpoklicali pomagat v štab. Navdušena ravno ni bila nad tem, saj bi se pravzaprav raje poročila. Njen fant pa se je odločil za drugo dekle. Lydia Ortner je služila v Grčiji, na akropoli je preživljala lepe dneve. Ko pa je šla vojna h koncu, je bila ravno stacionirana v Nemčiji. Domov se je vrnila cela. Očeta in prijateljice pa so odvlekli partizani in jih verjetno ubili. V Železni Kapli se je pridružila nemškemu zboru in drugim društvom.

LYDIA ORTNER
Jahrgang 1919

EIN LEBEN OHNE WAHL UND OHNE EIGENE ENTSCHEIDUNGEN

Ich bin am 4. August 1919 geboren. Mein Vater war Uhrmacher, meine Mutter hat den Haushalt geführt. Ich habe drei Schwestern und einen Bruder gehabt. Mein Vater war Deutscher, meine Mutter war Slowenin, aber sie hat auch gut Deutsch gesprochen. Zu Hause wurde nur Deutsch gesprochen. Meine Mutter war eine ruhige Frau, aber sie war sehr vielseitig. Sie war aus armen Verhältnissen, sehr arm, aber sie hat alles gekonnt. Sie konnte nähen, kochen, alles.

Im Ersten Weltkrieg kämpften deutschnationale Kärntner und Kärntner Slowenen Seite an Seite für die österreichische Monarchie.

19

Solche Erinnerungsfotos aus der Zeit des Ersten Weltkriegs finden sich in deutschnationalen und slowenischen Familien in Kärnten.

Bei uns zu Hause wurde sehr viel Hausmusik gemacht, mein Vater spielte Zither, meine Schwester auch, und mein Bruder hat Gitarre gespielt. Und die Schwester hat noch lieber Klavier gespielt. Es war halt immer ein bisschen Leben im Haus. Es war ja eher klein, unser Haus, mein Vater hatte seine Werkstatt im Wohnzimmer gehabt. Ab und zu hat er ein paar Uhren bestellt, weil er einen kleinen Handel betrieben hat. Nichts großes, aber ein Uhrmacher in Eisenkappel, der verdient fast nichts. Oft haben die Bauern die Uhren zur Reparatur gebracht und konnten sie aber nicht bezahlen. Dann hat er gesagt, naja, du brauchst nichts zahlen, wenn du nichts hast, so war er. Die haben ja nichts gehabt, die Bauern waren sehr arm, es war eine große Not. Wie vielen hat er umsonst die Uhren gerichtet! Und wir haben selber nichts gehabt. Aber natürlich hat der Vater gesehen, dass die auch nichts haben.

Meine Mutter hat mit ihrer Schwester und mit den Bauern Slowenisch gesprochen. Wenn ein Bauer gekommen ist, dann hat meine Mutter gedolmetscht. Ich habe das mehr als windische Sprache wahrgenommen, immer ein paar Worte in

Deutsch und ein paar Worte in Slowenisch, so ein verdrehtes Deutsch, aber man hat immer gewusst, was einer will.

Bescheidenes Zuhause

Unser Haus hatte nur ein großes Zimmer, ein Kabinett, eine kleine Küche, ein Vorhaus, Toilette und oben im Dachboden ein Garçonnière-Zimmer. Das war alles.

Wir haben in Türkenfedern geschlafen, das sind getrocknete Maisblätter, die sind dann hineingekommen in den Leinensack. Es war aber auch sehr angenehm, es hat so geraschelt. Ein Federbett haben damals nur die ganz Reichen sich leisten können und eine Matratze hat nur mein Vater gehabt. Wir haben uns in der Küche mit einem Lavabo gewaschen. Es war kein Bad da. Damals hat ja selten einer ein Bad gehabt. Meine Mutter war eine sehr gute Köchin. Sie hat nicht viel Geld gehabt, aber sie hat immer ein gutes Essen hergerichtet. Die Kindheit – es war trotzdem schön. Wir haben nicht viel gehabt, aber andere haben noch viel weniger gehabt.

Neuanfang des Uhrmachers in Eisenkappel: In diesem Haus wuchs Lydia Ortner auf.

Zur Firmung gab es ein schönes Kleid und einen Fototermin: Lydia Ortner in der Bildmitte.

21

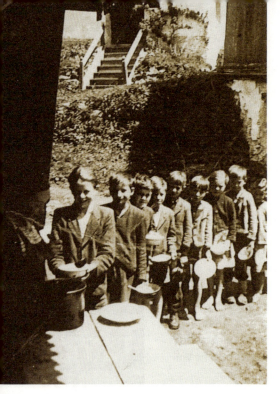

Ein besonderes Zeitdokument: Kinder aus Eisenkappel bei der Armenspeisung in den späten 20er Jahren. Die Armut war groß.

Abstürze

Der erste Weltkrieg ist schlecht ausgegangen und es gab die große Inflation. Es war ja eine ganz große Inflation. Da war ein Tausender zehn Groschen. Ich kann mich erinnern, da war ich ein Kind, ich möchte einen Tausender haben, damit ich Schokolade kaufen kann. Die Leute waren sehr arm und viele haben ja alles verloren. Die ganze Jugend war auf der Straße. Die haben betteln müssen, weil sie keine Arbeit bekommen haben. Sogar das Eisenkappler Gemeindehaus wurde versteigert, weil die Gemeinde nicht mehr zahlungsfähig war. Bei der Gemeinde sind ein paar gestanden für eine kleine Arbeitslosenunterstützung und die haben nichts mehr gekriegt, es war nichts mehr in der Gemeindekassa. Den Griesplatz haben sie um 50 Groschen verkaufen wollen und keiner hat ihn gekauft. Wenn ein Zirkus kam, viel hat man nicht gesehen, Artisten waren da und Seiltänzer und der dumme August, das war für uns Kinder am besten.

Aber die Not traf auch die Bauern. Die Bauernhöfe sind in Konkurs gegangen. Der Graf hat sehr viele Huben gekauft. Und wenn die Keuschler einmal in diese Lage gekommen sind, dass sie verkaufen mussten, durften sie nicht einmal aus dem eigenen Wald schlägern, aber der andere, der hat das Holz schlägern dürfen und hat dann mit dem Geld alles bezahlt. So war es damals.

Auch die Eltern meines Vaters haben alles verloren. Damals haben sie bei dem Weltkrieg „Gold gab ich für Eisen" gegeben und gekriegt haben sie gar nichts. Meine Großmutter starb deshalb im Armenhaus. Und vorher war das eine der

22

reichsten Familien in Völkermarkt. Mein Vater hat davon nicht viel gesprochen, was bei ihm zu Hause war. Er hat mir nur gesagt, sein Bruder, der das Ganze übernommen hat, ist in der Irrenanstalt gestorben. Und ein Bruder, der hat sich aufgehängt. Mein Vater war bei der Marine in Pula, und wie er heimgekommen ist, sind sie nach Eisenkappel gezogen, weil sie ja in Völkermarkt nichts mehr hatten. Meine Mutter war seine zweite Frau, die erste Frau ist im Wochenbett gestorben.

Schule

Damals sind eigentlich die Kinder nicht nur von einem Schuljahr, sondern von verschiedenen Schuljahren in einer Klasse gesessen. Viele sind ja von den Gräben gekommen. Einer hat sogar um halb zwei in der Früh aufstehen müssen, damit er pünktlich in die Schule kam, und abends ist er auch sehr spät heimgekommen. Damals gab es keine Autobusse für die Kinder. Einige haben wunderbar schreiben können, aber mir ist das nicht so gelungen mit der Redisfeder. Ich habe schon schreiben können, aber nicht schön. Und dieses Kunststricken, das habe ich nicht begriffen. Geschichte habe ich immer gern gehabt, das hat mich interessiert. Damals gab es keinen Slowenisch-Unterricht, nur Deutsch.

Vergnügen in der Heimatschützerfamilie

Ich habe sehr viel gesungen. Es war immer sehr lustig. Getanzt haben wir auch sehr viel.

Wir haben oft nur unter uns Mädchen getanzt, fesche Buben waren da auch nicht. Ich habe immer so eine Wut gehabt, weil mein Vater so auf mich aufgepasst hat, ich wollte ja frei sein.

Als Lehrerin hatte meine Schwester ein altes Rad, sie musste in die Gräben zum Unterrichten, da ist sie halt mit dem Rad hineingefahren. Wenn wir irgendwie gewusst haben, dort ist ein Tanz, dann habe ich das Radel genommen und dann sind wir hinausgefahren, nach Rechberg oder Miklauzhof, weiter ja nicht. Ich habe nie lange Haare gehabt. Und dann habe ich mich so geärgert, weil ich eine so hohe Stirn habe, ich habe mich nicht richtig frisieren können. Damals war diese heiße Dauerwelle,

In Eisenkappel gaben die Männer nicht nur im Gesangsverein den Ton an. Bei Ortners wurde auch die Hausmusik gepflegt.

da haben sie elektrische Apparate gehabt. Oft einmal hat das so gebrannt, ein bissel verbrannt auch. Schönheit muss leiden.

Mein Vater hat Zither gespielt. Ich hätte es leicht gelernt, die Grundbegriffe habe ich schon gekonnt. Aber die Finger haben mir wehgetan. Ich habe aber keinen Ehrgeiz gehabt. Klavier hätte ich noch gespielt, da habe ich auch schon die Grundbegriffe gekonnt. Ein altes Klavier haben wir gehabt. Aber dann: Ich werd Grammophon spielen. Ein Grammophon hatten wir von meinem Schwager, der hat einen schönen Apparat gehabt und viele Platten. Der hat sie bestimmt in Klagenfurt gekauft, er war Omnibuschauffeur. Mein Vater war Operateur im Eisenkappler Kino, der hat die Filme vorgeführt. Und wenn er am Sonntag die Filme aufgewickelt hat, dann bin ich oft mit ihm rauf in die Kabine. Ich habe aber nur sehen dürfen, was jugendfrei war, das war Pat und Patachon und solche Filme. Und zu gern hätte ich die anderen auch gesehen, ich war schon neugierig zu erfahren, was da wohl drin war, dass wir die nicht sehen dürfen.

Davor haben wir immer Nachmittage gehabt beim Heimatbund, wo wir uns unterhalten haben, da haben wir uns getroffen und oft einmal haben wir zu Weihnachten kleine Geschenke bekommen. So ein Buch oder sowas haben wir bekommen. Die Schwarzen waren das, der Heimatbund. Das war der Dollfuß, der hat damals noch regiert. Sonst ist man immer zu Hause gewesen und um acht habe ich schlafen gehen können. Oft habe ich im Zimmer drinnen einen Roman lesen wollen. Mein Vater hat immer gesagt, das sind die Orpheus-Romane. Zuerst sind sie beieinander, dann gehen sie auseinander und dann sind sie wieder zusammen. Es waren halt romantische Romane, das Kleeblattschloss, darin ist alles so wunderbar gewesen. Dann habe ich mir gedacht, nein, das will ich nicht mehr lesen, so gut kann es ja keinem in Wirklichkeit gehen, so wie es im Roman geschildert wird! Meine Mutter hat so geschimpft, geh schlafen, sonst können wir auch nicht schlafen, hat sie gesagt. Ich soll raufgehen, wenn ich unten Licht habe und sie sind im Kabinett, haben sie keine Ruhe gehabt. Es war keine Möglichkeit, es war schon alles so beengt. Aber wir hatten schon elektrisches Licht. Der Niederdorfer hat ja so ein kleines Elektrizitätswerk gemacht für Eisenkappel, dadurch haben wir Licht bekommen. Aber es war nur ein ganz ein leichter Strom. Um Geräte zu betreiben, war es zu wenig. Davor hatten wir Petroleumlampen.

Hitler als Hoffnungsträger

Ich war da, wie der Hitler in Klagenfurt war. Der Omnibus ist direkt nach Klagenfurt gefahren. Da hat es geheißen, der Hitler kommt, da sind wir schauen gegangen, dass wir ihn gesehen haben. Er ist auf einem Auto oben gestanden und hat die Leute begrüßt. Es ist ja so gewesen: Keine Arbeit, nirgends. Alles am Boden zerstört. Und dann kommt auf einmal einer, der Arbeit bringt. Und da waren die Leute natürlich – es war ja eine fürchterliche Zeit – die ganze Jugend war auf der Straße unterwegs. Sie hatten gehört, da ist einer, der ihnen eine Arbeit gibt, und der war für sie wie der Herrgott. Die Fahnen haben sie rausgehängt in Eisenkappel.

Eisenkappel wurde zu den Aufmärschen mit Hakenkreuzfahnen geschmückt.

Die SA ist meistens marschiert, die SS und die SA und die NSKK – das waren die Motorisierten. Man hat sich daran gewöhnt. Es wurde normal.

Fremdbestimmt: Pflichtjahr und Stabshelferin des Heeres

Dann habe ich das Pflichtjahr machen müssen in Wien. Die Familie hat zwei Kinder gehabt, zwei Mädel, das war im 19. Bezirk. Die Dame war sehr freundlich und ich habe mich dort wie zu Hause gefühlt. Er war Diplomkaufmann in den Hermann-Göring-Werken. Der Mann von der Frau Gunkel. Ich habe dort alles für den Haushalt gelernt. Dann war sie wieder schwanger und hat gesagt, Lydia bleiben Sie noch, dann können Sie noch die Babysachen lernen – da habe ich gesagt, wer weiß, ob ich eines kriege, aber ich hab ja eh keins gekriegt. Danach bin ich dann wieder heimgekommen und musste 40/41 einrücken als Stabshelferin. Vier Jahre. Eine Zeit in Griechenland. In Athen. Wir Mädels sind herumgegangen oben auf der Akropolis. Und gehandelt haben sie da, ich habe fest mitgehandelt, ich hatte eine Uhr vom Vater gekriegt, eine kleine, schöne, die man so an einer langen Kette trägt, die wollte ich verkaufen. Viel gekriegt habe ich nicht. Das war nur ein Silberring, da war die Akropolis drauf, den habe ich nicht mehr. Und lange Zigaretten haben wir gekriegt. Aber wir haben nur auf weitere Befehle gewartet und dann sind wir wieder zurück. Dann musste ich nach Frankreich und zum Schluss noch nach Deutschland. Bevor wir weggefahren sind, haben sie mich in ein Büro bestellt und erzählt, dass ich die Aufsicht übernehmen soll in einem Lager, da habe ich gesagt, das kann ich nicht. Da müssen Sie schon einen anderen nehmen, dafür bin ich nicht geeignet. Ich weiß aber nicht, was für ein Lager das war. Ich habe auch nicht gefragt. Es hat keiner mehr was reden wollen. Man hat nichts mehr gesprochen. Ich jedenfalls nicht.

Damals haben sie die Kinder schon einrücken lassen, das war im letzten Jahr. Es hieß ohnehin: Lieb Vaterland, magst

Lydia Ortner, 3. von links, besuchte in ihrer Freizeit die Akropolis in Athen.

ruhig sein, jetzt rücken schon die Kinder ein. Mein Vater war auch ganz empört, aber was kannst du machen? Bei diesem Volksschutz war er dabei, der die Ortschaft kontrolliert hat, damit die Leute ruhig schlafen konnten.

In den letzten Kriegstagen nach Hause

Auf Umwegen bin ich heimgekommen. Ich hatte mich mit Diphterie infiziert, wir haben uns unterwegs das Essen geteilt und in Klagenfurt bin ich dann ins Krankenhaus gekommen.

Mein Vater war noch eine Woche früher bei mir und hat noch meinen Koffer mit heimgenommen. Damals war schon die ganze Bahnhofstraße voller Partisanen. Und die Engländer kamen von der andern Seite. Mir haben die Ärzte gesagt, ich soll das Hoheitszeichen abtrennen, damit ich keine Schwierigkeiten habe. Das war in Silber und mit einem grünen Streifen für die Stabshelferin des Heeres. Das habe ich abgetrennt und da habe ich nur das graue Kostüm gehabt und wie ich dann in die Bahnhofstraße gekommen bin, hat mich einer gefragt, wo ich hingehe, habe ich gesagt, ja – heim! Hat er gefragt, von wo ich komm, hab ich gesagt, von der Wehrmacht – na, da hat er gesagt, ich kann jetzt da hineingehen und wenn bei mir irgendetwas vorgefunden wird, eine Pistole oder irgendwas – habe ich gesagt, das weibliche deutsche Wehrmachtsgefolge hat nicht mit Waffen hantiert.

Verschleppungen – am schlimmsten war der Krieg in der Heimat

Ich war auch auf der Liste. Mich haben sie auch gesucht, die Partisanen. Ich wollte hinaufgehen zum Schloss, da hatten sie die Leute interniert. Meine Mutter war aber dagegen, sie wollte nicht allein sein. Da habe ich gesagt, dann bleibe ich da, wenn sie mich holen, dann holen sie mich. Meinen Vater haben sie umgebracht. Sie haben die Leute, die sie umbringen wollten, in einen Wald hineingeführt und drin im Wald haben sie die Leute umgebracht und verscharrt wie einen Hund.

Da waren viele. Viele Bleiburger und auch Eisenkappler. Auch die Frau Niederdorfer und ihre Tochter waren dabei. Sind auch umgebracht worden. Die haben sie auch umgebracht, die Mikej Paula, Bauer Lotte,

Jehosa Friedel, das waren so meine Freundinnen. Der Krieg war sehr schlimm, aber am schlimmsten war er in der Heimat. Das war das Schlimmste. Ich weiß nicht, das war das Schlimmste. Da hat man die Menschen erst richtig kennengelernt. Die Leute, das waren die lieben Nachbarn, die auf einen einen Zorn gehabt haben, dann haben die eben alle auf die Liste gesetzt. Ein junger Bursch ist vor unserem Haus gestanden, ich habe mit ihm gesprochen und da hat er gesagt, wissen Sie, wir waren so froh, dass wir aus dem Wald herauskönnen, es war ja fürchterlich im Wald. Aber wir sind von zwei Männern und Frauen mit einer Liste empfangen worden – Sie können sich nur bei Ihren Nachbarn bedanken. Hat er gesagt, das war ein persönlicher Hass.

Paula Mikej war eine der besten Freundinnen von Lydia Ortner. Sie wurde von Partisanen verschleppt.

Nachkrieg: jeder zu seinem eigenen Vorteil

Da waren viele Schmuggler. Die sind schwarz über die Grenze gegangen. An der Grenze oben hat man sehr billig Fleisch kaufen können, Braunschweiger und so, das war viel billiger in Jugoslawien. Und die Vellacher, die haben eben sehr viel gekauft. Wir sind überhaupt nie da hinaufgegangen. Zu Fuß war es viel zu weit, und ein Auto hat ja keiner gehabt. Nach 1945 hat sich der Ort komplett verändert. Ich habe die Eisenkappler nicht mehr erkannt, die waren ganz anders. Und gleich drauf, wie alles vorbei war, hat keiner mehr davon wissen wollen. Das war ja das Fürchterliche. Keiner hat was getan! Niemand! Jeder hat die Hände in Unschuld gebadet! Kurze Zeit, nachdem das wieder vorbei war, hat keiner was wissen wollen. Nur um sich selber reinzuwaschen. War alles wieder ganz anders! Es war ja so wie eine große Familie früher einmal. Ich habe mich damals als Deutsche gefühlt. Heute bin ich eine Kärntnerin. Deutsche und Kärntner ist ja sowieso alles eins.

STEFANIE PISKERNIK
letnik 1922

*Družina Piskernik je prišla iz Lobnigovega grabna dol v
Železno Kaplo. Tam so njuni starši prevzeli gostišče Koller.
Vanj so zahajali nemški Korošci in koroški Slovenci. Franz
Prušnik je v eni od gostinskih sob ustanovil prvo slovensko
zadrugo. Stefanie Piskernik je bila že kot otrok zelo glasbeno
nadarjena, se učila klavir in pela v zboru. Najraje je hodila v
kapelski kino, kadar so vrteli ameriške filme. Na mlado dekle
so naredili tako močan vtis, da je od ganotja jokala še doma.
Ko je oče že zgodaj umrl, je mati vodila gostišče naprej sama.
Tako so se je razblinile Stefaniejine sanje, da bi študirala
na celovškem konservatoriju. Hitro je morala pričeti služiti
denar na pošti. V BDM, Zvezi nemških deklet, se je Stefanie Piskernik dobro počutila. Toda ko je iz gostišča gledala,
kako so prisilno izseljene Slovence odpeljali na kamionu, so
jo obšli veliki dvomi v Hitlerjev sistem. Ob koncu vojne so
jo odvedli partizani in jo zasliševali, a so jo spet spustili na
prostost.*

STEFANIE PISKERNIK
Jahrgang 1922

LIEBER SPIELE ICH NOCH EIN LIED

Kindheit im Gasthaus

Ich wurde am 26. Dezember 1922 hier in Eisenkappel im Haus Nummer 10 geboren und die Familie war glücklich darüber. Ich war die Erste, es sind nach mir noch zwei Söhne gekommen und wir haben uns alle sehr gut verstanden. Unsere Vorfahren kommen aus einem Bauernhaus in Lobnig und das war eine slowenische Familie, so wie alles rundherum um Eisenkappel.

Mein Vater und die Brüder, die waren, so lange sie in Eisenkappel waren, da vollkommen verwurzelt.

Die bäuerlichen Wurzeln im Lobnig-Graben: Stefanie Piskerniks Onkel Franz war Schafzüchter.

33

Dr. Angela Piskernik, die berühmte slowenische Botanikerin, war Stefanie Piskerniks Firmpatin.

Stefanie Piskerniks Eltern.

Leider Gottes war der Vater magenkrank aus dem Krieg gekommen. Er war eigentlich ständig krank. Die Mutter hatte alles dann allein schaffen müssen.

Wir hatten ein Gasthaus, sie war für alles zuständig. Die heimische Bevölkerung aß gern beim Koller zu Mittag, sie waren immer zufrieden.

In der Küche war die Tante Agnes. Wir hatten auch noch Kühe und Schweine, dafür war eine sehr brave, fleißige Magd da, die auch den Garten betreute. Und ich sprang jeden Tag beim Melken ein, wenn die Mitzka was anderes zu tun hatte.

Es gab keine Speisekarte beim Koller. Es war einfache Kost. Rindfleisch mit Knödel oder Sauerkraut und eine gute Suppe. Oder einen Schweinsbraten. Die Schweine bekamen wir vom Bauern. Aber das Gemüse vom Garten. Auch die Kartoffeln. Wir hatten so eineinhalb Kilometer von Eisenkappel weg ein großes Areal. Da haben wir das Heu geholt und Kartoffeln hatten wir auch da oben. Immer mitarbeiten und alles zu Fuß natürlich. Früher kamen noch Pferdefuhrwerke hinein und da war noch oben im Stall eine Krippe, wo die Pferde ihr Futter bekamen. Auch einen Eiskeller hatten wir, alles war da. Und das Haus war wirklich beliebt, da kamen alle her. Slowenen, Deutsche, wer halt da war. Jeder ist gern beim Koller gewesen. Eigentlich den ganzen Tag, weniger am Abend. Die heimische Bevölkerung ist abends kaum ausgegangen.

Das Gasthaus Koller mit großer Einfahrt für die Kutschen, hier wurde die slowenische Genossenschaft gegründet.

Musik und andere Hobbys

Ich war sehr gerne in der Schule, lernte gut, hatte immer lauter Einser, aber das war auch nicht schwer in der Volksschule. Ich machte sehr gerne Scherenschnitte. Da waren wir oben am Gang und ich beschäftigte mich immer damit. Oder ich zeichnete, gezeichnet habe ich auch sehr gern.

Meine Freundinnen kamen ins Haus, dann sind wir in den Garten gegangen oder spazieren oder haben irgendwo was gesungen. Ein einfaches Leben, ganz einfach. Und angezogen waren wir immer mit einem Rock, einem Pullover und einer Bluse, ganz einfach.

Ich hatte noch eine Halbschwester und mit der habe ich immer gesungen, schon mit zwei Jahren haben wir zweistimmig gesungen. Sie spielte Klavier, so kam ich auch dazu. Der Vater war immer daran interessiert, dass ich mich musikalisch betätige. Ich bekam Klavierunterricht, bekam auch drei Jahre Italienisch-Unterricht und ein Jahr Französisch und die Kulturgeschichte der Musik. Ich war damals sehr glücklich, habe viel Klavier gespielt, immer bei offenem Fenster. Die

Leute blieben unten stehen und horchten zu. Dann hatten wir
einen kleinen Chor, den durfte ich leiten.

Das Kino war für mich besonders. Ich schwärmte immer von
den Filmstars und kam heim, setzte mich in den Sessel hinein
und weinte, weil mich das so berührt hatte. Es waren nur die
amerikanischen Filme. Schon während des Klavierunterrichts
hatte ich die Fotos dazu aus den Zeitungen ausgeschnitten
und meiner Lehrerin gezeigt, aber mit Englisch wollte sie
nichts zu tun haben.

Alltag im Haus

Warmes Wasser hatten wir noch nicht. Das mussten wir auf
dem Ofen erwärmen und mit dem großen Krug und der
Schüssel wuschen wir uns. Elektrischen Strom haben wir

Wenn Stefanie Piskernik kein Klavier zur Verfügung hatte, spielte sie gern Harmonika.

schon gehabt. Aber noch kein Bad im Haus. Einmal im Monat gingen wir mit der Mutter in ein anderes Haus in Eisenkappel. Das war ein privates Bad, das man uns zur Verfügung stellte. Eine Wanne, und da badeten wir einmal im Monat mit der Mami. Mein Vater lebte da schon nicht mehr, er starb 1936. Für die Wäsche war die Mitzka Nachtigall zuständig. Das war sehr schwierig. Wir hatten oben im Stall einen großen Kessel, da kam die Wäsche hinein und ausgespült wurde am Bach in Eisenkappel weiter oben, da war eine Stelle, wo alle Leute hinkamen, die die Wäsche noch schwemmten.

Wir hatten in Eisenkappel ein oder zwei Schuster, auch ein Verwandter von uns, aber der starb bald. Und wir hatten Läden, auch Kleiderläden. Und zwar von Juden. Ein Judengeschäft, dort kauften wir unsere Kleider. Was wir so brauchten. Dirndln nähte ich sogar selber. Etwas brachte ich schon zusammen, weil meine Mami eine sehr gute Näherin war. In ihrer Jugend hatte sie sehr viel genäht. Ach, das Leben ist halt so gegangen, wie es war.

Bei der Post

Ich wollte gerne Klavier als Studium weiter betreiben am Konservatorium in Klagenfurt. Es sollte sich jemand für mich einsetzen, aber das dauerte. Zur gleichen Zeit stellte meine Mutter bei der Post ein Ansuchen. Es hieß dauernd, ich muss etwas verdienen, ich muss einen Beruf haben, damit ich Geld verdiene. Das Ansuchen meiner Mutter bei der Post war sofort erledigt worden.

Es war eine große Enttäuschung, weil ich ja doch ans Konservatorium wollte. Und dann konnte ich nicht nein sagen, weil ich wusste, wie schwer sie es hatte. In Eisenkappel hatten wir noch einen Esel, der uns die Post von der Bahn heraufbrachte zum Postamt, das war gleich gegenüber unseres Hauses. Das war ein Mordsauflauf, der Esel mit den ganzen Paketen da durch den Ort herauf und wir begleiteten ihn natürlich.

Wir lernten damals noch Morsezeichen und haben noch gemorst! Telefon hatten wir aber schon. 17 Jahre alt war ich, als ich bei der Post anfing. Um zehn Uhr kam immer eine Bedienstete aus dem Gasthaus und brachte mir einen Kaffee oder einen Tee und ein Brot dazu. Und das

habe ich natürlich mit Vergnügen gegessen. Und zu Mittag bin ich dann wieder essen gegangen. Wir aßen in der Küche, nicht im Gasthaus. Und immer nur das, was auch die Gäste bekamen, keine Extrawürste oder was.

Meine Mutter schaffte das als Witwe mit Hilfe der Tante Agnes und der Mitzka Nachtigall, die in der Küche geholfen hat. Sonst hatte sie keine Hilfe aus der Verwandtschaft, nie. Der Mutter zu widersprechen, das trauten wir uns nicht. Ich meine, es wurde auch nichts Besonderes von uns verlangt. Es war selbstverständlich, dass man gefolgt hat. Was hätte man denn machen sollen. Es war alles in Ordnung für uns, man hat für uns gesorgt. Mein erster Auswärtsposten war Wolfsberg. Ein paar Monate da, ein paar Monate dort, hauptsächlich in Kärnten zuerst, und wie dann die Zeit des Deutschen Reiches kam, da schickte man uns auch weiter weg. Zuerst ging es nach Slowenien hinunter auf mehrere Postämter und zuletzt nach Triest auf Dienstpost Adria. Ich fühlte mich überall wohl. Ich war unterwegs mit meiner Harmonika, irgendeine Musik musste ich bei mir haben, wenn ich schon nicht Klavier spielen konnte. Mit der Harmonika unterhielt ich dann die Leute, wo ich untergebracht war. In Triest hatte ich auch ein Klavier, zehn Monate, und gab dort kleine Konzerte.

Die Firmpatin ist Nationalslowenin

Die Angela, das war eine Tochter des Hauses oben in Lobnig, die sehr intelligent war, nach Wien zum Studieren ging und die die erste Slowenin war, die das Doktorat machte. Wegen ihrer slowenischen Einstellung zog sie mit einer Schwester nach Jugoslawien. Wir verstanden uns immer gut, aber wir

Vor dem Gasthaus Koller auf dem Hauptplatz wehten die Hakenkreuzfahnen.

sahen uns selten, sie kam nur selten nach Eisenkappel. So war die Familie irgendwie geteilt. Die einen waren deutsch Gesinnte, die anderen mehr slowenisch, und so zeigte sich das auch in den späteren Generationen. Die einen waren so, die anderen so. Man war immer irgendwo in der Mitte, das spürte ich selber, irgendwo in der Mitte. Man wusste nicht, gehörst du jetzt da her oder gehörst du dort hin? Ich dachte mir, in diesen zwei Volksgruppen hat jeder seine Eigenheiten und es muss nicht immer zusammenpassen. Aber ich war immer so mittendrin und sehr unglücklich oft, sehr unglücklich. Obwohl ich immer deutschnational ausgerichtet war. Und durch den Nationalsozialismus natürlich noch mehr. Und auch die Schreibweise von unserem Namen! Die einen schrieben sich mit K, die anderen mit G. Ich schrieb mich mit G, weil ich das bei der Post so gemacht hatte. Und jetzt bleibe ich dabei. Die Geburtsurkunde lautete natürlich auf K, wir hatten ja lauter slowenische Priester da immer, die ganzen Jahre. Von der Firmung in Klagenfurt weiß ich gar nichts, außer dass ich nur auf die Orgel schaute. Wann der Bischof bei mir war, weiß ich nicht mehr.

Hitlerzeit

Ich war sportlich interessiert. Ich lernte Schwimmen und Ski-fahren. Und sehr gut war ich im Laufen, Hochspringen, Weit-springen. Da war ich die Beste aus dem Bezirk Völkermarkt. Im Hochsprung habe ich 1 Meter 30 gemacht in Klagenfurt bei einem Landessportfest.

In dieser Zeit haben wir ja praktisch nur gesportelt und gesungen, während der Hitlerzeit. Wenn wir zusammengekommen sind, dann haben wir halt unsere kleinen Sachen besprochen, aber Politik haben wir keine gemacht, das ist klar. Wir haben ja auch nichts verstanden davon als junge

Winterfreuden

41

Schöne junge Frauen und eine schöne Aussicht: Stefanie Piskernik bewunderte mit Freundin den Blick auf die Koschuta.

Mädchen. Kein Mensch hat von einer Politik was geredet, niemand. Wir waren derart blöd, wirklich blöd in dieser Richtung! Der BDM, das war eine ganz natürliche Angelegenheit. Jedes Mädchen war beim BDM. Die halt Interesse gehabt hat, natürlich. Es waren bei uns dann auch Gäste aus Deutschland mit „Kraft durch Freude", die haben auch beim Koller gegessen, und dann saßen wir im Garten oben und unterhielten uns gut, und haben gesungen natürlich, immer gesungen. Und ich reiste: Der sogenannte Hitler-Urlaub, das war schön im Harz. Dann waren wir auch bei einer Talsperre mit dem Rad unterwegs. Davon hatte ich ehrlich Ängste, also Todesängste. Weil ich nicht mehr bremsen konnte, aber bin glücklicherweise noch ohne Sturz hinuntergekommen. Ich fotografierte gern mit meinem Apparat, das war ein kleiner Agfa, ein kleines Kästchen, und die Fotos, die herausgekommen sind, waren nur so groß. Hauptsächlich Landschaften und nur meine Familie oder meine Freundinnen, die Leni und die Inge. Wir waren sehr gut befreundet. Die Leni ist verschleppt worden nach dem Krieg, ich auch, ich war acht Tage unterwegs mit meinem Bruder Edi – und wir hatten das Glück, dass sich unsere Verwandtschaft sehr für uns einsetzte, dass wir zurückgekommen sind nach acht Tagen.

Augenzeugin der Deportation

Ich verstand die Slowenen, dass sie sich minderwertig fühlten durch die Behandlung, und das hat mir leidgetan, jeder Einzelne. Ich weiß, wie sie den alten Prušnik geholt haben und da ist mir zum ersten Mal zu Bewusstsein gekommen, was da passiert!
Es war eine schreckliche Zeit. Mich persönlich hat es dann betroffen, wenn ich was miterlebt habe, so wie die Deportation Prušniks. Das wühlte mich vollkommen auf. Ich muss heute noch weinen. Wir machten uns viel zu wenig Gedanken über das System Hitler. Und wir wussten nicht viel. In der Wochenschau wurde alles geschönt, man hat die Schweinereien nicht erfahren. Und mir persönlich ging es ja so weit gut, ich darf mich nicht beklagen. Man akzeptierte das irgendwie. Weil man dachte, es ist halt Krieg. Es muss ja ein Opfer geben.

Singend in die Verschleppung

Es war in der Nacht und es war ein Eisenkappler, der uns holte. Ich war auf der Liste als Deutschdenkende und -singende, was weiß ich. Mein Bruder Edi war im gleichen Zimmer im Bett, der war erst 16 Jahre alt oder 17 und wurde auch gleich mitgenommen, ohne dass der irgendwo registriert war. Jedenfalls sind wir dann ins Schloss Hagenegg gebracht worden, es waren noch zehn weitere von Eisenkappel. Wir übernachteten da zwei, drei Mal – es war schrecklich mit dem Klo, der Hygiene und so weiter. Dann wurden wir in ein Auto verfrachtet und weggebracht. Wir wussten nicht, wohin wir kommen, gar nichts. In Eberndorf waren die Engländer, das wussten wir, und einer von unserer Gruppe, der konnte ein bisschen Englisch und studierte uns ein: „Help us, help us!" Aber wir trauten uns nicht hinauszurufen, weil vorn einer mit der Maschinenpistole saß. Sie brachten uns nach Prevalje in Jugoslawien, in einen Kinosaal. Da haben wir noch Kärntnerlieder gesungen. Die Leni

Stefanie Piskerniks Bruder Edi wurde mit ihr von den Partisanen verschleppt.

war mit, die Messner Leni. Auch eine sehr Musikalische. Am nächsten Tag ging es wieder zurück nach Eberndorf. Gefangene Ustaschas und Domobranzen, die gegen den Kommunismus waren, kamen als Gefangene die Straße entlang. In Eberndorf wurden wir in ein Haus hineingebracht, ohne Licht, finster war alles, dort mussten wir warten. Dann kam nach einer Stunde einer mit einem Zettel, den wir unterschreiben sollten. Unterschreiben. Ist das unser Todesurteil oder was ist das? Herr Zeltlinger, der war der Älteste in unserer Runde, sagte, unterschreiben wir, mehr als erschießen können sie uns nicht. Dann kam wieder nach einer Stunde jemand und sagte: Ihr könnt gehen. Ohne Kommentar! Keine Anschuldigung, gar nichts. Da waren wir natürlich glücklich, dass wir gehen durften, aber wir wussten nicht, wohin. Das war in der Nacht. Dann gingen wir zu den Engländern, die nahmen uns auf, gaben uns zu essen und wir konnten dort übernachten. Also im Sitzen. Und in der Früh zogen wir dann los zu Fuß bis Eisenkappel.

Es waren Leute aus Eisenkappel, die die Listen für die Gefangennahmen verfertigt hatten. Und die Ausübenden waren teilweise aus Jugoslawien. Schon bei der Einvernahme im Schloss sagte ich, er soll Deutsch reden, weil ich nicht so viel Slowenisch verstünde. Da griff der Verhörer schon nach der Pistole. Das war Rochus Haderlap: ein Eisenkappler.

Deutsche oder Slowenen

Wir hatten nie einen Hass empfunden, wir hatten ja nichts getan. Wir
redeten immer mit den Leuten, so wie es notwendig war, und uns selbst
bezeichneten wir nicht als Slowenen. Sondern wir waren Kärntner, Windische von mir aus. Damit waren wir einverstanden, weil man ja doch
aus dem Bezirk kam und die Familien doch slowenisch waren – aber
wir fühlten uns da nie zugehörig. Das war's. Das war der Unterschied
zwischen den einzelnen Slowenen-Richtungen. Die einen haben sich als
Windische bezeichnet. Sprachlich ist das ein Gemisch aus Deutsch und
Slowenisch, Windisch, so haben wir uns bezeichnet. Bezeichnet haben
wir uns eh nicht, aber gedacht. Und das ist jetzt auch noch so.

Nachkriegszeit

Seit 1951 war ich wieder in Eisenkappl und da holten wir fest nach, was
wir versäumt hatten, und lumperten. 16 Gasthäuser gab es damals noch,
das war nicht zu übersehen. Wir waren immer singend unterwegs, singend über den Platz ins nächste Gasthaus. Die Schlager „Ich tanze mit
dir in den Himmel hinein" oder „Marina, Marina", so diese Art italie-
nischen Schlager und was eben damals auf den Platten war, wir tanzten
richtig mit Begeisterung. Es war lustig. Wir bildeten uns ein, jetzt müssen
wir alles nachholen, was wir früher versäumt haben.
Mit den Leuten aus den Gräben hatten wir keine Berührung. Überhaupt
nicht. Die haben sich nicht dafür interessiert. Die kamen gar nicht hier
her. Nur wenige halt, die sich im Ort installierten als Schneiderin oder
im Handel. Bei unseren Lumpereien, die wir erlebten, war keiner von
denen dabei. Das war nur die Bevölkerung von Eisenkappel.

Die erste Liebe und das einzige Kind

In Bleiburg traf ich einen Kollegen, das war meine erste Liebe, da war
ich schon 28 Jahre alt, ein Spätzünder. Wir verstanden uns sehr gut, aber
es gab schon einige Hemmnisse. Er kam auch aus einer slowenischen
Familie, die Mutter sprach gar kein Deutsch. Jedenfalls sagten die, er
könnte doch keine Beamtin heiraten, wenn er nebenbei den Hof hat, die
Landwirtschaft. Dann löste sich das auf, auch als ich schon schwanger

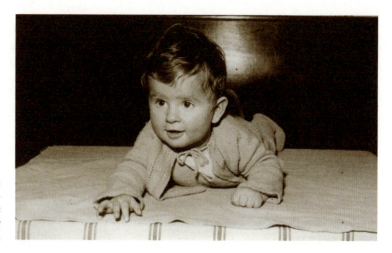

Stefanie Piskernik wurde unverheiratet Mutter – Sohn Friedel wuchs ohne den Vater auf.

war. Wahrscheinlich hatte er mich nicht so gern wie ich ihn. Er lernte dann eine andere Frau kennen, mit der er fünf Kinder hatte.

Meine Mutter konnte sich nicht vorstellen, dass ich, die nie was mit Männern zu tun haben wollte, ein lediges Kind heimbringe. Das ging ihr nicht in den Kopf im ersten Moment. Aber wie der Friedel größer geworden ist, da war alles in Ordnung.

Für mich war es schon eine gewisse Enttäuschung, ich wäre damals ohne weiteres Bäuerin geworden. Aber ich hatte nichts, was ich zum Haus hätte dazubringen können.

Aber es ist mir immer gut gegangen, ich darf mich nicht beklagen. Auch wenn mal brenzlige Situationen dabei waren. In Jugoslawien hatte ich schon alles mögliche erlebt. Aber ich hatte nie Angst. Ich dachte immer, wenn mich einer erschießen will, dann erschießt er mich halt.

Anna Sleik, roj. Sadounig
letnik 1923

*Ko je prišla Anna Sleik leta 1923 na svet, je bila povsem
zdrava. Potem pa je, ko je bila stara sedem let, zbolela za
otroško paralizo, ki je deklici iz temeljev spremenila življenje.
Oče je plačeval za hčerine drage operacije in oporne aparate.
Družina se je preselila v Koprein na Peci, na kmetijo Riepl, ki
je ležala neposredno ob novi jugoslovanski meji. Čez mejo so
na veliko tihotapili, od kave tja do volov. Na kmetiji Riepl,
last njenih staršev, so se pogosto pojavljali partizani. Dali
so jim jesti in poskrbeli zanje. Ko pa je nek partizan grozil,
da jih bo postrelil, je družina kmetijo zapustila. Leta 1945
je kmetija Riepl pogorela do tal. Anna Sleik ima na sumu
partizane. Anni Sleik je bilo vseeno, za kakšno politiko se je
kdo odločil. Brat Ernst, ki je šel najprej z nemško vojsko na
vzhodno fronto in nato k partizanom, je umrl zaradi strelne
rane. Zadnje dneve vojne je Anna Sleik šivala partizanom uniforme. Ko so se pričela prisilna preseljevanja, so jo opozorili,
tako da se je skrila pri sorodnikih. Po vojni se je poročila in
odprla šiviljsko delavnico. Še dandanašnji se ima za dvojezi-
čno Korošico.*

Anna Sleik
Jahrgang 1923

Nimm dir vom Leben, was es dir bietet,
und tu auch was dafür

Kinderlähmung

Ich wurde am 8. 8. 1923 in Globasnitz geboren und als ich vier Jahre alt war, zogen wir nach Pirkdorf. Dort pachteten meine Eltern einen Bauernhof. Mein Vater war Jäger, die Mama hat zu Hause die Wirtschaft geführt. Und dann wurde meine Schwester geboren. Wir spielten viel, hatten viel Freude. Und mit sieben Jahren wurde ich dann gelähmt. Und dann dachten sie drei Tage lang, ich würde sterben. Sie hatten schon die Bahre aufgestellt und warteten auf meinen Tod. Der Arzt sagte, es hilft nichts mehr, das Kind stirbt. Aber ich starb nicht und dann ließ man mich einfach liegen, zwei Jahre. Die Mama stellte mich immer im Kinderwagen vor die Linden. Bis ein junger Arzt aus Bleiburg mit dem Fahrrad kam und sagte, ich müsse Sandbäder nehmen. Da gruben sie mich immer für eine gewisse Zeit im Sand ein und im Anschluss massierte mich der Arzt, ich weiß nicht, wie lange. Und das machte er drei Monate lang. Und dann konnte ich mit zwei Unterarmkrücken springen.

Aber der Fuß war nach der Kinderlähmung wie verdreht, die Ferse vorne, und das Knie hinten und die Hüfte draußen.

Anna, hier links im Bild, war ganz gesund, bis sie mit sieben Jahren an Kinderlähmung erkrankte.

49

Da konnte mir der Bleiburger Arzt nicht mehr helfen und ich musste nach Klagenfurt zu einem Spezialisten. Ich hatte eine kinderlose Tante, sie und ihr Mann trugen mich immer zum Arzt. Der meinte dann, ich müsse operiert werden.

Ein Vermögen für eine Operation

Damals waren schlechte Zeiten. Mein Vater hatte kein Geld für eine Operation. 20 Millionen kostete damals die Operation. Das Geld nahm er auf in der Raiffeisenbank in St. Michael. Für dieselbe Summe hätte er ein Haus kaufen können. Ich weiß gar nicht mehr, wie viele Stunden sie mich operierten. Danach habe ich neun Monate im Gips sein müssen. Und als sie den herunterschnitten, war der Fuß natürlich wieder ganz wie tot, da ging das mit den Massagen wieder von vorne los.
Bis ich so weit war, bekam ich einen Stützapparat, der hat damals 500 Meter Holz gekostet. Ich wuchs aber immer weiter und der Vater war nicht mehr in der Lage, noch einen Stützapparat zu kaufen, und so blieb der Fuß zurück.
Ich kam dann nach Eisenkappel in die Schule. Die erste Klasse konnte ich nur ganz kurz machen und dann ging es mir so schlecht, dass sie mich nach Hause nahmen. Dann heiratete meine Schwester und ich kam zu ihr, bei ihr war ich ein Jahr, bis ihr Mann versetzt wurde. Der war bis dahin Gendarm bei der Gendarmerie in Eisenkappel gewesen. Und dann ging ich zurück nach Eisenkappel zu meiner Freundin, die ich in der Schule kennengelernt hatte, und bei der war ich dann bis zum Schulschluss. Aber ich hatte nur die dritte und vierte Klasse besucht, dann war ich schon vierzehn.
Ich musste praktisch mein ganzes Leben den Stützapparat haben. Nach der Schule lernte ich die Schneiderei. Während der Lehrzeit wohnte ich auch bei einer ganz lieben Frau in Eisenkappel, da hab ich schöne Zeiten gehabt! Denn in der Lehre war es sehr streng und sehr anstrengend und ich bekam keinen Groschen. Meine Familie musste etwas dazuzahlen oder eine Kanne Milch oder einen Schinken mitbringen, wenn sie kamen, sonst machte meine Meisterin ein langes Gesicht.

Das erste Geld, das erste Kleid

Ich hatte noch nicht lange gelernt, da fing ich eine Schwarzarbeit an. So verdiente ich mein erstes Geld: Ich bekam zwölf Hosen für die BDM-Mädchen zum Nähen, der Stoff war schon zugeschnitten. Zu dem Auftrag verhalf mir die Lehrerin. Sie sagte, das könne ich schon machen, und so schneiderte ich zwölf Hosen. Dafür bekam ich so viel Geld, dass ich mir einen schönen Stoff für ein Kleid davon kaufen konnte. Dann kam meine Freundin, die arbeitete schon im Büro, und sah dieses Dirndl, das ich mir genäht hatte und sagte: „Das musst du mir geben, das will ich unbedingt tragen!" Na, dann verkaufte ich ihr mein Kleid wieder, kaufte mir einen neuen Stoff und nähte mir ein schwarzes Kleid und einen weißen Mantel! Dieses Kleid nähte ich gleich ein zweites Mal. Denn ich hatte später eine andere Freundin, die aus einer armen Familie kam und die so gern dieses Kleid auch gehabt hätte. Da sparten wir und dann nähte ich ihr genau das gleiche Kleid. Wenn wir in Klagenfurt gingen, so gleich angezogen, kamen die Leute direkt heraus zum Schauen, dass jemand im Krieg so fesch beieinander war.

Als Schneidermeisterin war Anna selbst immer schick gekleidet. Diese Bluse aus Georgette-Stoff bestickte sie selbst.

Im Mai hatte ich ausgelernt und dann war ich in Klopein am See, Saisonarbeit als Näherin. Ich nähte für die Tochter, die war in die Hotelfachschule gekommen und damals musste man alles mithaben, Bettwäsche und alles, was sie gebraucht hat. Und so war ich bis Ende Oktober beim Rabl am Klopeinersee. Danach nähte ich für meine Schwester in Globasnitz, wo sie ein Gasthaus hatte, alles fertig und dann wollte ich endlich nach Hause zu meinen Eltern.

Partisanenbesuch

Ich war vielleicht schon eine Woche zu Hause und nähte drinnen beim Vater im Zimmer. Da sahen wir auf einmal die Partisanen hinter der Holzhütte herauskommen. Mein Vater holte mich, damit ich für sie kochte. Und meine Schwester musste Kühe melken. Dann nahmen sie im Gastzimmer die Vorhänge weg. Es waren so acht oder neun Männer. Wir mussten mit ihnen essen, es waren sehr nette Leute. Ein Schaf stachen sie ab und wir machten ihnen einen Salat dazu. Zum Trinken haben sie gekriegt, was sie wollten, es war ja ein Gasthaus. Dann gingen sie, wir verabschiedeten uns nett. Sie sagten noch, keiner von uns dürfe vom Haus weggehen, aber das hatten wir auch nicht vor.

Partisanenüberfall

Ein paar Tage später kam meine Freundin aus Eisenkappel zu Besuch und sagte, sie will auch einmal sehen, wenn die Partisanen kommen. Wir setzten uns in die Küche und schauten zur Glastür hinaus. Von da ging es hinein ins Gastzimmer, und da sagte ich zu ihr, Elfi, die sind schon da.

Es waren so viele, ich weiß gar nicht, wie viele. Das Gastzimmer war voll, als Erstes holten sie mich hinein und sagten, sie würden mich umbringen und ich müsse Kartoffeln schälen gehen in der Küche. Zwei waren in der Küche, die stritten, warum das Mädchen umbringen, sie habe einem doch nichts

Die Bauernfamilien auf den einsamen Berghöfen lebten in ständiger Anspannung. Mal kamen Partisanen, mal Wehrmachts-soldaten oder die Gendarmen (Film-Still).

getan. Es war ein Netter und ein Böser. Und der andere meinte, er habe seine Gründe. Im Streit hauten sie mit den Gewehrkolben in den Boden. Man konnte danach sehen, wo sie Kerben in den Boden geschlagen hatten. Und dann meinten sie zu mir, sie würden mich erschießen, meinen Vater ins Feuer werfen und alles abheizen.

Und ich sagte – oh ihr Schweine! Und lief von der Küche hinaus ins zweite Haus zum Vater. Dort bekam ich einen Weinkrampf. Und der eine, der Gute, der kam gleich nach, der saß dort den ganzen Abend bei uns. Und die anderen wirtschafteten wie sie wollten, sie stachen alle Schweine ab, führten die Rinder weg, nur eine Kuh ließen sie uns. Und wir saßen den ganzen Abend im Zimmer. Auf einmal kam der Böse, trieb die zwei Knechte und uns alle ins Zimmer hinein, drehte das Petroleumlicht ab und entschärfte die Pistole zum Schießen. In dem Moment brachen unsere Hunde aus und bellten, und da flüchteten sie. Und so blieben wir am Leben. Sie verboten uns, das Haus in den nächsten 24 Stunden zu verlassen. Aber es wäre von uns sowieso niemand gegangen, wir waren alle total fertig. Selbst die zwei Knechte, die sonst so böse waren, damals beteten auch sie.

Umzug statt KZ

Und nächsten Tag kamen der Graf von Eisenkappel und sein Stallknecht heraufgeritten, um bei uns auf dem Rieplhof auf der Luscha-Alm nach dem Rechten zu schauen. Wir sagten nichts und die ritten weiter. Aber am Abend kamen auf einmal so viele von den Bauersleuten mit Wägen. Wir wussten nicht, was mit uns geschehen soll. Wir wurden alle von der Polizei hinuntergeführt. Die erste Nacht schliefen wir in Eisenkappel beim Niederdorfer. Und am nächsten Tag hieß es, da können wir nicht mehr schlafen. Da gingen wir zum Bürgermeister. Die Laninscheks waren ausgesiedelt worden und deren Gasthaus stellte er uns zur Verfügung. Es waren natürlich keine Fenster und nichts mehr drin, es war im Dezember. Aber in der Zwischenzeit hatte meine Schwester erfahren, was passiert war, und brachte mit dem Wagen Bettwäsche, Bettzeug und was wir brauchten. Mein Vater war schwerer Asthmatiker. Seit wir in Eisenkappel waren, musste ich ihn immer spritzen. Zu Hause, oben auf dem Rieplhof, da kriegte er keine Spritzen und überstand seinen Anfall.

Die Laninscheks waren Freunde meines Vaters. Er war wohl froh, dass wir in seinem Haus waren. Als er vom KZ kam, sagte er, sein Wunsch wäre, in seinem Haus aufgebahrt zu werden. Er wohnte bei seiner Frau vis-à-vis. Als es so weit war, räumte ich noch die Werkstatt aus und er wurde bei uns aufgebahrt.

Uniformen und die Münchner Modeschule

Nachher nähte ich zu Hause aber wieder Uniformen. Für die Partisanen. In einer anderen Werkstatt. (Film-Still)

Noch 1942 ging ich nach München in die Modeschule. Zuvor musste ich bei der Uniformwerkstatt arbeiten als Gesellin, aber das war mir zu blöd, immer nur Uniformen machen.

In München war es sehr schön. Da wohnte ich in einem internationalen Studentenheim. Da war ein Holländer, Max, die hatten in Amsterdam ein Geschäft gehabt wie Kastner & Öhler. Und der verehrte mich so. Der wollte mich unbedingt heiraten. Und ich war so nervös, dass ich meinte, in Deutschland dürfe ich nicht heiraten, und ins Ausland schon gar nicht mit meinem Fuß. Da war er so beleidigt. Ich bin nach München gekommen. Dort war ein Bekannter, der hätte für mich ein Zimmer besorgen sollen, fand aber nirgends ein Zimmer. Und ich bin auf die Polizei, bin zu einem Polizisten, sagt er – ich werde anrufen, da im Hotel werden Sie ein Zimmer kriegen, sonst schlafen Sie bei meiner Frau auf einem Diwan. Und ich hab wirklich in dem Hotel ein Zimmer gekriegt.

Niemand hat nach Papieren gefragt und gar nix. Dort hab ich nur mein Zimmer gezahlt. Und in der Nacht sind die Bomben gefallen. Damals ist der Münchner Bahnhof bombardiert worden. Ich gab den Kopf unter die Decken und hab eigentlich keine Angst gehabt. Ich hatte komischerweise vor den Bomben keine Angst. Und wenn ich dort gestorben wäre, hätte auch niemand gewusst, wo ich umgekommen bin. Das war am ersten Abend in München.

Die Mama weinte: „Jetzt haben wir zu Hause alles verloren, jetzt gehst du auch noch!" Aber ich wusste, ich muss die Schule machen, denn wenn ich den Meister machen wollte, musste ich eine Ausbildung haben. Und in einer Uniformwerkstatt hatte man keine Aussicht, etwas zu lernen.

Manchmal kam mein Bruder, der war Dolmetscher, mit seinem Freund zu Besuch. Er lud uns ein ins Café. Da gab es alles ohne Lebensmittelkarten, und man konnte alles haben, damals im Krieg, Sekt und Essen und alles konntest du haben. In der Mariahilfstraße, glaub ich, war das Café. Mein Bruder zahlte damals so viel wie ich für meine Schlafzimmermöbel beim Tischler in Eisenkappel.

In der Modeschule hatte ich so eine nette Zimmernachbarin. Einmal stiegen wir so spät in die Straßenbahn ein, dass mich ein Schaffner hinausbugsierte und mir den Stock nachwarf. Das haben die anderen gesehen und sprangen mir nach aus der fahrenden Straßenbahn. Mein Knie war ganz schwarz vom Bluterguss. Da fragte mich am nächsten Tag der Professor: „Frau Sadounig, warum sind Sie heute so blass, was ist mit Ihnen heute los?" Da meinte meine Freundin, er solle mein Knie anschauen. Ich solle nach Hause gehen und mich hinlegen, riet der Professor. Aber ich wollte nicht. Der Kurs war teuer und ich war selbst interessiert, alles zu lernen. Meine Freundin, das war so ein liebes Mädchen, die kümmerte sich um mich. Dabei sorgte sie auch für ihre Mutter zu Hause. Später verlor ich ihre Adresse und die Verbindung mit ihr.

Aber es war eine wunderschöne Zeit da, auch im Studentenwohnheim. Ich aß so gern Fisch und Kartoffelsalat und die Besitzerin hatte einen eigenen Teich. Die anderen zogen oft Nasen, aber die Besitzerin war ganz stolz, dass ich alles gegessen habe. Ich durfte in der Küche kochen, was ich wollte. Die Burschen hatten alle schwarze Lebensmittelkarten und Geld und konnten alles für das Kochen zusammenkaufen. So hatte die ganze kleine Pension zu essen. Zwei Studenten waren aus Bulgarien, einer hat Elektrotechnik studiert, sehr nett. Meine Freundin verlobte sich mit ihm, schrieb sie mir später. Ich denke noch so oft an sie und wie schön wir es hatten. Nachher nähte ich zu Hause aber wieder Uniformen. Für die Partisanen. In einer anderen Werkstatt.

Slowenisch und Deutsch

Wenn die Slowenen kamen, waren wir froh und sie waren lustig, und so waren wir alle Freunde. Und wenn die Deutschen kamen, wie wir sie halt kannten, dann benahmst du dich halt, die waren ein bisschen reservierter als die heimischen Burschen und Mädchen.
Slowenisch lernte ich von meiner Mutter. Die Mama hatte in Klagenfurt die Meiereischule besucht. Das war vor der Grenze, da ist sie vom Mießtal nach Klagenfurt in die Schule gefahren. Und dann war sie im Internat. Sie konnte wunderschön schreiben und lesen. Von unserer Mutter lernte ich Slowenisch, aber das war nicht der hiesige Dialekt. Deshalb wurden wir von der Nachbarin gehänselt und gepiesackt. Wir würden mit Absicht hochstapeln, wir Riepl-Teufel. Der Vater war Analphabet, dem brachte die Mutter bei, so viel es ging. Meine Großmutter soll vor meiner Mutter gekniet und gefleht haben, dass sie nicht in die Berge hinaufgehen soll zu meinem Vater. Aber sie antwortete: „Und wenn es am Ende der Welt wäre, den will ich haben!" Später sagte sie manchmal, dass man oft dumm ist im Leben, aber dann insistierte der Vater mit dem Spruch vom Ende der Welt. Es war damals der Rieplhof auch fast das Ende der Welt. Man konnte höchstens hinaufreiten oder mit einem Zweirad fahren. Mich holten sie immer mit dem Pferd. Unten im Ort luden sie Bier auf, darüber kam eine Decke, da setzten sie mich drauf und führten mich nach Hause.
Wir hatten auch einen Muli, das war ein normales Tier, nur war er scheu. Fahrräder durfte er nicht sehen, sonst ist er quer durch den Wald gegangen, solche Angst hatte er vor denen. Einmal bei der Miklau-Säge kam uns der Doktor entgegen mit dem Fahrrad. Da setzte der Muli über den Bach und mein Bruder musste uns nachlaufen, bis er ihn erwischt hat und bremste. Da musste ich mich fest halten. Ich mochte Tiere gern. Zu Hause hatten wir ein Pferd, dem der Knecht ein Loch in den Oberschenkel geschlagen hatte. Das bepinselte ich, als ich im Urlaub da war, mit Arnikaschnaps und es heilte schön zusammen. Aber der Knecht erschlug das Pferd trotzdem.

Grenzland, Schmuggelland

Oben auf dem Riepl, das war ja der letzte Gasthof vor der Grenze, da wurde auch viel geschmuggelt. Das Gasthaus und das Wohnhaus waren ungefähr 50 Meter voneinander entfernt. Die Schmuggler, die hatten immer so viel Geld, die saßen dort im Wohnhaus und die Zollbeamten saßen oft im Gasthaus. Einmal am ersten April, es war Sonntag, da ist der Förster Schönherr zu uns gekommen. Draußen auf dem Almstall waren zwei Zimmer und dort waren die Zollbeamten einquartiert. Zu denen ging der Förster und weckte sie mit den Worten: „Ein paar Ochsen treiben sie über die Grenze!" Der Zollbeamte sprang aus dem Bett und wollte sich anziehen, dann sah er: 1. April. Und ging wieder zurück ins Bett. Am nächsten Tag kam er zu uns zum Mittagessen und erzählte, der Schönherr wollte ihn in den April schicken und habe gesagt, dass semmelgelbe Ochsen über die Grenze geführt wurden. Also der Zollbeamte musste ganz neu im Geschäft sein. Denn die geschmuggelten Ochsen standen bei uns im Stall, und dann rührte der Vater Ziegelfarbe an und strich die Viecher an, und so wurden sie weiter als Schweizer geführt.

Oben auf dem Riepl, das war ja der letzte Gasthof vor der Grenze, da wurde auch viel geschmuggelt (Film-Still).
Foto: Christian Roth

Manchmal kamen auch die Gendarmen auf Patrouille. Einer hieß Lausegger. Der war so ein netter Mann. Und die schmuggelten immer Kaffee nach Österreich und Sacharin. Und so ein altes Weibl war da, die murmelte immer „Ach Gott, ach Gott" vor sich hin. Und dann stieg sie über den Zaun an der Grenze und murmelte: „Ach Gott, ach Gott, hoffentlich sieht mich niemand!" Und der Gendarm Lausegger lag ein paar Meter weg von ihr im Gras und sagte sich, die arme Frau lassen wir laufen. Fast alle Bauern da oben schmuggelten, soweit ich das weiß. Wir verdienten meistens durch die Leute. Bei uns selber schmuggelten sie nicht. Mein Bruder brachte für wen anderen einmal was, aber für uns zu Hause, das ließ der Vater nicht zu. Er war schon so nervös genug, wenn ein Einstell-Vieh bei uns war. Mein anderer Bruder wollte das überhaupt nicht. Mein Bruder Ernst war erst an der Ostfront, dann kam er zu den Partisanen, die hießen Schutzkommando, diese Partisanen. Er hatte dienstfrei und spielte beim Bauern Karten, da schossen sie ihn an. Er bekam den Wundstarrkrampf und starb. Ernst war nur ein paar Tage in Slowenien. Der älteste, der Flori, war bei der Wehrmacht und kam dann in Kriegsgefangenschaft, da schlugen sie ihn so sehr. Da nahm er sich vor, wenn er noch einmal zum Riepl käme, werde er eine Kapelle bauen. Als Dolmetscher hatte er in allen Nationen gute und schlechte Menschen gefunden. Deswegen hat er die altchristliche Kirche gebaut. Bis vor Kurzem sind die Katholiken gar nicht reingegangen.
Mit der Kapelle blieb wenigstens etwas noch vom Riepl.

Zwischen Partisanen und Nazis

Der Hof war leer damals, wie sie das Anwesen abgebrannt hatten. Die Partisanen zündeten beide Besitze auf einmal an: Den Čemer-Hof und unseren, den Riepl-Hof. Es hieß, dass einer gesagt hat, da wird er nie mehr herumgehen, das heizen wir ab. Mein Vater war Jäger bei der Familie Kraut. Ich weiß nicht, ob der Kraut ein NSDAP-Mann war. Die alte Frau Kraut war eine Freundin von meiner Mutter, sie waren zusammen in der Meiereischule. Sie wurde deshalb auch Taufpatin und Firmpatin von meiner Schwester. Nach dem Krieg war ihr Adoptivsohn, sie konnten selbst keine Kinder haben, sehr oft bei uns. Die kamen immer von Samstag auf Sonntag.

Angriff (Film-Still)

Ich scherte mich eigentlich nie, wo wer politisch stand. Für mich waren alle gleich. Wer nett zu mir war, zu dem war ich auch nett, und wenn mir einer frech kam, war ich natürlich sehr frech, das weiß ich. Da war ein Gendarm, der fragte immer die Kinder oder Behinderte aus, ob sie irgendetwas wissen. Bei uns im Gastraum war der Hund drin, und da fragt mich der Gendarm, ob der Hund auch Slowenisch kann. Da antwortete ich, ich hätte mit dem Hund noch nicht geredet, er soll ihn selbst fragen. Da war der Gendarm wütend, frech sein auch noch! Durch meine Behinderung hatte ich manches zu verkraften. Bei den Ämtern hatte ich keine Schwierigkeiten. Aber es kamen oft so primitive Leute zum Bauernhof, da hab ich schon allerhand hören müssen. Das kann ich nicht wiederholen. Das tat schon weh. Das waren Sachen, die man nicht ausspricht, schon gar nicht als Frau. Manchmal war es zum Weinen.

Nachkrieg

Der Sohn von dort, wo ich gewohnt habe, trug mich immer, wenn der Stützapparat kaputt war. Nach dem Krieg kam er und sagte, er will mich so gern heiraten. Da habe ich gesagt, bitte nicht, bist wie mein Bruder. Da war er traurig. Hab ihn gern gehabt gleich wie meine Brüder, weil wir zusammen aufgewachsen waren.

Nach langem Zögern heiratete Anna Leopold Sleik, natürlich im selbstgenähten Hochzeitskleid.

Ich hatte mit meinem Fuß auch nie die Absicht zu heiraten. Als es dann doch so weit war, weinte ich sechs Wochen lang und hatte Angst, dass ich Vorwürfe bekommen werde.

Mein Mann war ein guter Mann und ein guter Vater. Streng, irrsinnig streng. Die Kinder durften nicht ins Kino bis zur Matura, obwohl es da nur über die Straße ging am Nachmittag zum Jugendfilm. Wir sangen im Chor. Damals gab es nur einen einzigen Eisenkappler Chor, den vom Niederdorfer. Da waren wir an die hundert Leute! Wir sangen viele Kärntner Lieder. Auch die slowenischen Lieder hatte ich gern. Mein Mann hatte alle Platten, die hat er immer gespielt, obwohl er nicht Slowenisch konnte. Aber die slowenischen Lieder spielte er gern. Er hatte eine Schwester, die sich nach Jugoslawien verheiratet hatte. Die Schwiegermutter konnte Slowenisch, aber den Dialekt vom Rosental, das war wieder ganz anders. Und wenn wir was reden wollten, was die Kinder nicht hören sollten, haben wir slowenisch geredet.

Nach dem Krieg waren eigentlich alle verschwunden, jede in ein anderes Eck zum Arbeiten. Und alle waren furchtbar enttäuscht, wer alles diese Listen aufgestellt hat. Und wer sie früher aufgestellt hat, weiß man auch nicht. Es war jedenfalls ein grauslicher Krieg. Dann kamen die Verschleppungen. Weil ich die Uniformen genäht hatte, war ein Partisan, der Kolja, nett zu mir, und sagte, Mädchen, verschwinde, du bist auf der Liste, sie werden dich morgen holen. Und da fuhr ich in der Früh um 5 Uhr mit dem Zug zu meiner Schwägerin. Drei Wochen war ich da, und als alles geregelt war, kam ich wieder heim.

Nur Falschheit, nur Falschheit war da, das Gesicht so süß, aber in Wirklichkeit! Wir hatten Bekannte, die kamen in die Werkstatt und riefen, den Stoff her, der Hitler ist krepiert! Natürlich händigten wir die Stoffe aus. Ich hätte aber nie gedacht, dass das Feindinnen von uns wären! Ich hätte nie jemanden verraten, weder die einen noch die anderen.

Mir nahmen dann die Partisanen mein Zimmer weg, ich solle schlafen wo ich wollte, sie schliefen schon lange im Wald. Und dann quartierten sich bei uns die Partisanen ein und die Mama kochte. Uns hat niemand was wollen nach dem Krieg. Die Fremden haben nicht urteilen können und die Heimischen haben nichts mehr zum Reden gehabt.

Selbstgefühl

Als Kärntnerin, ich hab mich immer als Kärntnerin, als zweisprachige Kärntnerin gefühlt. Ich wollte nie hinunter nach Jugoslawien, aber wir haben uns mit den Slowenen genauso verstanden, so dass wir überhaupt nicht wussten, dass da ein Unterschied ist oder sein soll.

Anna Sleik als selbständige Schneidermeisterin im Kreise ihrer Gesellinnen und mit einer Kundin.

GRETEL NIEDERDORFER
letnik 1925

Gretel Niederdorfer se je poročila v Železni Kapli v gostilno Niederdorfer. Mož je bil takrat pri esesovcih. Družina je v Kaplo prinesla mnogo sodobnega: prvo električno napeljavo, prvo elektrarno. Niederdorferji so spodbujali tudi turizem: oddajali so sobe in bili lastniki največje prireditvene dvorane, kjer so prirejali gledališke in pustne predstave in kjer so imeli koncerte in poročna slavja. Otto Niederdorfer je bil v Železni Kapli znan kot glasbenik in zborovodja. Ob koncu vojne so partizani zajeli Gretelino taščo in svakinjo. V dvorcu Hagenegg naj bi ju zaslišali, a se nista nikdar več vrnili. V 50-tih letih se je Anton Haderlap z nevesto Vero Prušnik oziral za primernim gostiščem za njuno poroko. Nihče jima ni hotel prirediti svečanosti, saj sta bila iz partizanskih družin. Ravno pri Niederdorferju pa to ni pomenilo nobenega problema: tako so v najlepšem sožitju slavili slovensko poroko v nemški gostilni.

GRETE NIEDERDORFER
Jahrgang 1925

MAN MUSS VERZEIHEN

Mit 25 Jahren kam ich hierher nach Eisenkappel zum Gasthof Niederdorfer. Mein Mann war auf Brautschau gewesen
und fand mich in St. Veit. Er war fesch, groß und sehr angenehm in seinem Wesen, mir gefiel er jedenfalls. Er spielte auch
Geige und leitete den Chor. Hier wurde immer gesungen,
wenn mehrere beisammen waren. Als ich herzog, konnte ich
kein Wort Slowenisch und sie nahmen mich alle sehr, sehr
nett auf.

Gasthaus Niederdorfer

Unser Gasthaus war die erste Adresse in Eisenkappel. Wir
konnten für hundert bis hundertfünfzig Gäste kochen. In der
Küche hatten wir drei, vier Leute. Am Herd eine Köchin und
dann noch Küchenmädchen. Auch Fremdenzimmer vermiete-
ten wir.

*Der Gasthof
Niederdorfer hatte
Platz für 100 bis
150 Gäste, viel Kü-
chenpersonal und
einen großen Saal.*

65

*Grüße aus Ei-
senkappel – alte
Postkarten preisen
die erholsame
Sommerfrische in
Eisenkappel und
Vellach.*

Mein Mann schlachtete selbst und arbeitete das Fleisch auch selbst auf. Wenn etwas Besonderes im Ort los war, es spielte sich alles bei uns ab. Es traf sich alles vom Präsidenten bis zum Totengräber.

Wir waren ein deutsches Haus, aber wir kamen mit allen gut aus. Selbstverständlich traf sich der Heimatbund bei uns. Wir verstanden uns mit den Slowenen und den Deutschen sehr gut. Mein Mann konnte auch kein Slowenisch, genauso wie ich. Ich kann bis heute kein Wort Slowenisch, aber es können alle Deutsch. Es wurde ein bisschen Windisch und ein bisschen Deutsch gesprochen, so ein Mischmasch.

Hochzeitsfeiern beim Niederdorfer

Wir hatten den meisten Platz im Saal. Als Erstes kam immer das Brautpaar und fragte, ob Platz wäre oder wann der Saal frei wäre. Es spielte bei uns überhaupt keine Rolle, ob slowenisch oder deutsch. Dienstag begannen wir, die Torten zu backen. Das Fleisch hatten wir natürlich schon bestellt. Als ersten Gang gab es immer einen Tafelspitz mit Krensoße und gerösteten Kartoffeln. Der zweite Gang war dann Schweinsbraten mit gerösteten Kartoffeln und Salat. Der dritte Gang war nachher Kalbsbraten mit Reis und gemischtem Salat. Der vierte Gang war dann Rindsbraten. In der Nacht wurde noch einmal Kaffee und Torte serviert. Bevor die Gäste heimgingen, wurde das noch serviert. Alle Hochzeiten waren bei uns und alle waren zufrieden.

Es war schon irgendwie eine romantische Zeit.

Partisanen-Hochzeit

Das war selbstverständlich, dass wir die Hochzeit nahmen. Wo hätte die Hochzeit sonst stattfinden sollen? Es war ja keiner so wie wir eingerichtet. Aber es lief gut ab, also ohne Streitereien.

Nur wurde es plötzlich finster, weil ein paar Burschen unten den Strom abgedreht hatten. Wir hatten unseren eigenen Strom und den Ort mit Strom versorgt. Mein Mann wusste damals schon, was los war, und ging sofort hinunter zum Elektrizitätswerk und machte wieder Strom. Wir hatten also gleich wieder Strom.

Ausgerechnet bei Niederdorfers, einer deutsch-national gesinnten Familie, feierte Anton Haderlap seine Hochzeit.

Nachkriegszeit

Man hatte schon Angst, dass der Ort jugoslawisch wird. Die Partisanen hatten ja meine Schwiegermutter mitgenommen und umgebracht. Da kamen zwei Partisanen herein und sagten, sind sie Frau Niederdorfer, und meine Schwiegermutter antwortete, ja, das bin ich. Darauf sagten die, sie solle zu einem Verhör ins Schloss mitkommen. Und sie kam nie mehr heim. Nebenan stand meine Schwägerin Friedl und meinte, sie gehe mit. Sie kam auch nicht mehr zurück. Unser Haus hat damals sehr gelitten. Meine Schwiegermutter fehlte sehr, weil sie eine äußerst tüchtige Person war. Ich konnte ihr nicht das Wasser reichen an Tüchtigkeit. Bei den Nachforschungen zu den Verschleppten kam nichts heraus. Es hat jeder gesagt, er wisse nichts. Als Deutsche hatte man damals noch kein Recht. Aber die Leute sind verschwunden und nicht mehr gekommen. Die sind sicher alle umgebracht worden. Und das nach Kriegsende. Das musste man mehr oder weniger vergessen. Vergessen konnte man es nicht, aber man musste es mehr oder weniger in Kauf nehmen, sonst hätte man hier ja nicht leben können. Man muss verzeihen.

Katharina Petschnig
letnik 1925

*Mama Katharine Petschnig je zanosila kot neporočena dekla.
Ko je našla drugega fanta, je otroka dala telesnemu očetu
v njegovo družino. Svetlolasa, modrooka deklica je tako
odraščala na kmetiji Cemer pri Lukasu Kogoju s polbrati
in polsestrami. Ko je pljusknil prvi val germanizacije čez
kmetijo, so na vsej šoli izbirali otroke za bivanje v Nemčiji.
Katharina Petschnig je bila med njimi in prišla k zelo prija-
znim ljudem v bližini Dresdna. Slovensko, nemško – nekako
so se sporazumeli. In ko se je kmečko dekle vrnilo domov, je
imela med prtljago uhane, kovček poln oblek ter lepe spo-
mine. Nato pa je prišlo tudi na kmetiji Cemer do partizan-
skega bojevanja. Oče je podpiral upornike in so ga zato zajeli.
Z enim od sinov in Katharino vred. Lukasa Kogoja so ubili v
Dachauu, sina v Moringenu, Katharina Petschnig z drugimi
ženami iz Grabna pa je pristala v Ravensbrücku. Pričelo se je
hudo trpljenje. A je preživela. Ko pa se je vrnila, je bila večina
družine umorjena in starševska kmetija požgana.*

KATHARINA PETSCHNIG
Jahrgang 1925

GOTT FÜHRT MICH DURCHS LEBEN

Ich bin sehr stolz auf meine Vorfahren. Mein Großvater ist aus Tolmin/
Slowenien gekommen. Das ist bloß ein Berg mit einem Wäldchen und
mittendrin ein Dorf. Von dort ist mein Großvater nach Kärnten gekommen, um beim Grafen zu arbeiten. Meine Mutter hat als Magd bei verschiedenen Bauern gedient, als ich geboren wurde – und dann war ich
halt immer mit dabei. Dann lernte sie einen anderen Mann kennen und
wurde wieder schwanger. Da war ich drei Jahre alt. Sie hat mich immer
eingesperrt, es war so ein kleines Zimmer mit zwei Betten drin und
einem Ofen, den sie geheizt hat. Da war nachher auch meine Schwester,
dieser Freund und ich. Aber der neue Mann hat mich nicht gemocht und
geschlagen. Das Kind will ich hier nicht, hat er gesagt, das soll ihr Vater
nehmen. Das erzählte meine Mutter meinem leiblichen Vater. Der hat
dann gemeint, fremde Männer werden mein Kind nicht schlagen, bring
sie zu mir. So bin ich zum Vater gekommen und 1937 zum Čemer-Hof.

Als Zweite von
rechts lächelt die
blonde Katharina
scheu in Dresden
in die Kamera: Das
hübsche Kleid hatte
sie von ihrer deut-
schen Gastmutter
bekommen.

Da waren wir bis 1943. Es war schön oben, da war der Opa und wir haben Mägde gehabt und dann in der Kriegszeit auch schon Polinnen.

Als Auswahlschülerin nach Deutschland

1938 haben sie organisiert, dass von allen Schulen in ganz Kärnten Schüler nach Deutschland kommen, und auch von unserer Leppen-Schule haben sie sechs Schüler ausgesucht. Ein Mädchen vom Riepl-Hof, die Keber-Paula, die Anči, die Mitzi, ich und noch ein Bub. Dann haben sie in Eisenkappel auf dem Platz alle zusammengebracht von vier Schulen. Sie haben uns Kinder auf einen Lastwagen mit Bänken gehoben. Auch die Lehrer waren als Aufsicht dabei. Von dort ging die Fahrt bis nach Kühnsdorf und mit dem Zug weiter bis nach Elsterwerda bei Dresden. Meine Gastmutter war eine liebe Frau. Sie war Krankenschwester und schon in Pension. Sie wohnte oben im Haus und ihr Bruder unten. Der hatte eine achtjährige Tochter, die hatte Puppen zum Spielen und da haben wir oft gespielt. Heute denke ich oft, Frau Schulz hat ja nur Deutsch geredet und ich habe es noch nicht gekonnt, wie wir zwei uns verständigt haben, das weiß ich nicht! Aber es ging. Aber dann habe ich mich auch dran gewöhnt, und als ich heimkam, habe ich oft die slowenischen Wörter nicht mehr gewusst. Ich habe Kopftuch gesagt, die anderen Had'rza.

Die haben uns schon so gut behandelt. Ich habe so viele Sachen mitgekriegt, zwei oder drei Koffer Kleider und so weiter. Frau Schulz hatte zwei Schwestern und eine war Schneiderin und sie hat mir immer Kleider genäht und noch ein Dirndl aus so einem schönen Stoff – mit Rüschen! Und Ohrringe wollte mir Frau Schulz dazuschenken. Ich habe ein bisschen Angst vor dem Löcherstechen gehabt, aber sie hat gesagt, nein, das tut nicht weh. Es waren so liebe Ohrringe, mit Gold so schön verziert und so ein großer schöner Stein, diese Ohrringe habe ich lange gehabt. Aber ich weiß nicht, wo sie jetzt sind. Meine Ohrlöcher habe ich von Elsterwerda.

Die Deutschen selber waren ja auch nicht böse, böse war der Hitler, der hat angefangen. Der hat alles in die Hand genommen. Er hat Glück gehabt, das war damals eine sehr schlechte Zeit und der hat schon gewusst, wie man den Menschen Zucker geben muss.

Als Einzige zweisprachig im Graben

Alles sprach nur Slowenisch. Hat ja keiner Deutsch können. Der Vater vom Josef Nečemer Rastočnik, der war beim Militär und hat nach Hause auf Deutsch geschrieben. Ob er selbst geschrieben hat, das weiß ich nicht. Dann bin ich gebeten worden zu übersetzen: Kati, er hat wieder geschrieben. Und dann bin ich gegangen zum Lesen und wieder Antwort geben, das habe ich zwei oder drei Mal gemacht, aber ich weiß nicht mehr, wo er beim Militär war. Und dann hat er zum Schluss, das weiß ich noch, die Kinder waren noch klein, geschrieben: „Dass du ja der Mama wirst folgen, ihr müsst der Mama folgen!" Das war der Schluss, das habe ich mir gemerkt.

Erste Begegnungen mit den Partisanen

Ich war schon 16 Jahre und musste Kühe melken. Ich wollte gerade die Kühe zur Tränke führen, da sehe ich zwei Männer, ganz zerrissen und mit Gewehren. Maria, dachte ich, vielleicht sind das die Partisanen. Ich hab mich so erschrocken.

Dreh im Gelände (Film-Still).

73

Ich bin zurück hinein in den Stall, da war ein hoher Misthaufen, und dahinter habe ich mich versteckt und so gezittert. Ich habe gedacht, die Partisanen werden uns erschießen.

Als ich dachte, sie sind weg, und schauen wollte, saßen diese zwei Partisanen drinnen bei der Magd in der Küche. Die waren hungrig, die wollten Essen haben. Da haben wir grad so Fleckerln gehabt, mit Schmalz abgeschmalzen und Kartoffelsoße. Sie haben sich das Essen reingezogen, so schnell, sie waren so hungrig, die zwei. Dann haben sie sich bedankt und sind gegangen. Als meine Eltern gekommen sind, haben wir erzählt, was gewesen ist. Alle hatten schon Angst gehabt. Es gab so eine Propaganda, die erschießen jeden, du hast nur in Angst gelebt.

Partisanen und Wehrmacht im Gelände

Das war schlimm. Im 42er Jahr sind sie wiederkommen zum Riepl und dort haben sie ein Schwein gestohlen oder geschlachtet, glaube ich. Bei uns waren sie nicht. Danach haben die Riepl-Bauern gesagt, wir gehen nach Eisenkappel. Wenn sie immer wieder kommen, dann hast du Angst. Und mein Vater, der Lukas Kogoj, hat daraufhin gesagt: Na, und wohin werde ich mit so vielen Kindern gehen? Der Bürgermeister hat gesagt: Es ist kein Platz für eine so große Familie. Und so sind wir doch oben geblieben und die Soldaten sind zum Riepl-Hof gekommen. Da war die SA oben, da waren wir sicher. Da haben wir uns schon mehr beruhigt.

Einmal sind sie aufeinandergestoßen, die SA und die Partisanen, und geschossen haben sie so, dass es bei unserem Haus die ganze Zeit mit Schüssen und Knallerei ging und wir Kinder uns alle in eine Zimmerecke gedrängelt haben. Der Vater war so gescheit und hat gewusst, wo man sich verstecken muss. Freilich haben wir alle gezittert und Angst gehabt, aber sie sind nicht ins Haus gekommen. Und auf einmal war alles ruhig.

Am nächsten Tag haben wir das Getreide geschnitten. Beim Schneiden haben wir dann eine Kiste gefunden, da war Munition drin. Und dann haben die SA-Leute die Munition gleich mitgenommen. Wir haben weitergearbeitet, als wäre nichts gewesen.

Allein auf dem Berg

Später stand der Riepl-Hof leer und die Polizei kam herauf zur Kontrolle. Auch Partisanen kamen hin und wieder, aber mein Vater hat immer geschaut, dass wir Kinder davon nichts sehen. Zufällig haben mein Bruder und ich aber doch welche gesehen: Da waren dieser Schorli-Ciril, der Juri und andere Bekannte. Mein Vater hat ihnen gesagt, sie sollen keine fremden Partisanen zum Haus bringen. Nur die Verwandten oder die Bekannten, die können kommen, dass sie mit Essen unterstützt werden. Wir waren einmal in der Küche beim Essen, der Vater, mein Bruder Jochi und ich und die Magd, als Partisanen kamen. Die Magd war aus Slowenien, die hat richtig Slowenisch gekonnt, die Slowenen reden ja ganz anders Slowenisch als wir. Der Partisan, das war der Brenner, da haben wir aber geschaut, denn früher war er bei der SA und jetzt bei den Partisanen. Und die Magd sagt zu ihm: Na, früher warst du bei der SA und jetzt gehst du zu den Partisanen. Wie machst du denn das? – Der Brenner hat geantwortet, dass er nicht für Deutschland kämpfen will. Wir haben ihm geglaubt. Und ein paar Monate später hieß es, er sei wieder weg von den Partisanen und verrät alle, bei denen er als Partisan war.

Ende der 20er Jahre entstand dieses Foto, das Katharina Petschnigs Vater Lukas Kogoj stolz vor seinem selbst geplanten und gebauten Bienenhaus zeigt. Links neben ihm seine kleine Tochter Katharina.

Und dann war eines Tages alles voll mit Polizisten, mein Bruder sah das und haute ab.

Ich hatte auch so eine Angst gehabt, ich wollte mich im Wald verstecken. Ich bin runter zum Peršman gegangen und zum Peternel-Hof hin. Marla, meine Schulfreundin, hat mich dann in ihrem Zimmer unter dem Bett versteckt, bis die Polizei wieder weg war. Wir haben dann erfahren, dass die Polizei zwei Buben abgeführt hatte. Und da habe ich gewusst, dass sie meinen Bruder erwischt haben. Wir haben einen Laib Brot eingepackt und Honig und sind zum Onkel auf den Wögelhof. Der hat dann gefragt, ob der Vater den Jochi jetzt als verloren melden wird. Meine Mutter meinte, sicher musst du melden, dass er Vieh suchen wollte und verschwunden ist. Mein Vater hat dann entschieden, das am Dienstag zu melden.

Dann kam der 12. Oktober 1943, alles voll Polizei rund ums Haus. Wir hatten schon Kühe gemolken, ich hatte mich oben gekämmt, da schrie mein Vater: Kati, du musst herunterkommen. Unten hat der Polizist gesagt, sie müssen mich mitnehmen. Die Mutter war im Bett mit ihrem Kind. Draußen stand schon der Kožel, der nächste Bauer, den hatten sie auch schon. Mein Vater hat sich noch mal über das Kind gebeugt und ihr ein Bussi gegeben. Sie sollte ihn nie lebend wiedersehen.

Mein Vater musste eine Schaufel mitnehmen und hat dann graben müssen. Sein eigenes Grab. Der Polizist sagte zu mir, da wird dein Vater erschossen. Ich stand da oben, er da unten. Er schaute mich an. Dann sagte der Polizist, nein, ein Schuss ist noch zu schade: KZ!

Wir haben alles stehen lassen müssen. Dann ging es nach Leppen, da ist die Oma schon gesessen, die Vinkl-Oma, die Auprich-Paula … Und beim Kukež war ein Knecht, den haben sie auch mitgenommen, Jake hat er geheißen, und noch ein Dirndel haben sie mitgenommen, und von der Remschenig-Seite haben sie die ganze Bauern-Familie herübergebracht. Das war eine richtige Razzia. Da waren schon Bekannte dabei, der Orlitscher, aber ich weiß nicht, wer noch. Es waren schon auch Fremde bei der Gendarmerie damals in Eisenkappel. Es war ein schöner Sonnentag, als sie uns hinuntergebracht haben, aber im Hellen wollten sie uns nicht unten über den Hauptplatz führen, damit die Leute uns nicht sehen. Sie sperrten uns in einem Stall ein, bis es finster war.

Abschied vom Vater

Am 4. November haben sie uns von Klagenfurt abtransportiert. Egal ob als Sohn und Mutter oder Tochter und Vater, wir konnten zusammen schlafen. Zusammensein. Sie haben Strohsäcke in den Schlafraum gebracht, die waren voller Läuse, so dass wir nicht schlafen konnten. Und am nächsten Tag brachten sie uns nach Wien.

Dort haben sie uns getrennt, den Vater und mich, und dann hat er mir die Hand gegeben. Er sagte auf Slowenisch noch Auf Wiedersehen, auf Slowenisch halt, Nasvidenje. Und wenn jemand im Lager sterben soll, dann sterbe lieber ich, damit ihr zwei, meine Kinder, heimkommen werdet. Und so ist es gekommen. Das war das letzte Wort meines Vaters. Mein Vater ist in Dachau gestorben.

Die Bauerntochter als politischer Häftling im Konzentrationslager

Katharina Petschnig als junge Frau, bevor sie ins KZ Ravensbrück verschleppt wurde.

Dann Transporte. Verschiedene Arreste. Zuchthäuser. Schließlich war ich im Lager Ravensbrück, am 10. Dezember 1943. Dann haben sie uns alles geschoren, was zum Scheren ist, und gespritzt. Mitternachts sind wir ins Lager gekommen. Und mussten uns wieder ganz ausziehen, wir bekamen ein Kleid, zerrissene Strümpfe und eine Schnur zum Binden und Holzschuhe. Unsere Sachen mussten wir in einen Sack werfen, und dann noch auf einen Stuhl zur Untersuchung. Dann hat mir eine Frau die Haare abgeschnitten. Die SS ist dabei gestanden. „Viele sind schon auf diesem Stuhl gesessen, aber mit solchen Haaren noch keine", sagte diese Frau. Ich sagte, die Haare werden nachwachsen, so tapfer war ich noch. Wie der Mensch so ist!

Überleben in Ravensbrück

Es waren schon 34.000 Gefangene in Ravensbrück.
Eine Aufseherin zeigte uns, wo wir schlafen sollten, im dritten Stock. Die Leiter aus Eisen, die wir hinaufklettern mussten, wackelte. Und dann hat die Aufseherin noch hinter uns her geschrien, dass wir auf unsere Sachen aufpassen müssten, damit wir beim Appell in der Früh nicht nackt dastehen. Andere Häftlinge, die sich schon auskennen, würden alles stehlen. Dann nahmen wir alles mit in den dritten Stock und legten unsere Sachen unter den Polster.
Dann der erste Appell: alle mit einer Armlänge Abstand. Alle wurden abgezählt. Jugendliche und die Alten extra. Oft stimmte die Zahl nicht, weil noch welche arbeiten waren. Dann musste man so lang stehen bleiben, bis es passte. Da sind Frauen umgefallen, ältere Frauen, die nicht mehr so lange stehen konnten. Das war nicht so einfach. Der Kopf kahl geschoren, im Winter. So kalt, der Schnee und der Wind weht dir ins Gesicht, dass es brennt. Du hast den Schnee aber nicht abrubbeln dürfen – ganz still musste man stehen. Dann ist der Lagerleiter hin und her gegangen. Wer was gemacht hatte, dessen Nummer wurde gleich aufgeschrieben.

Mitleiden

Auch deutsche Frauen waren arm. Die Bauersfrauen hatten Franzosen als Zwangsarbeiter. Eine erzählte, dass sie mit einem Franzosen ein Kind gehabt hat und dann haben sie ihr das Kind weggenommen und sie ist ins Lager gekommen. Solche Frauen bekamen als zusätzliche Strafe beim Haareschneiden noch 25 Schläge auf den Hintern. Die Aufseherinnen sagten, sie solle sich schämen, sich als deutsche Frau mit dem Franzosen einzulassen.
Gott sei Dank, dass er hin ist, dass er tot ist, der Hitler, dass er nicht mehr lebt, der hat schon was hinterlassen.

Unter Bekannten

Dann brach Typhus im Lager aus. Da haben sie alle Baracken verschlossen, wir durften nicht mehr raus. Auf einmal kommt die Schirschischka mit einem Brot zu uns. Eine Bekannte! Sie war in einem anderen Block. Dann brachten sie meine Wögelmutter, die alte Mutter, die hat drei Söhne bei der Wehrmacht als Soldaten gehabt. Sie hatte ganz offene Füße, die arme Frau. Sie brachten noch viele Bekannte von Eisenkappel nach Ravensbrück: Die Prischa-Paula. Die Haderlap-Mitzi. Vom Peternel die Bäuerin.

Heimkehr ins Nichts

Als ich auf dem Hauptplatz stand, erkannte mich eine frühere Nachbarin. Sie hatte keine guten Nachrichten für mich: „Beim Riepl, beim Čemer ist alles abgebrannt und beim Peršman auch und alle sind erschossen, auch dein Bruder und deine Schwester."

Heimkehr ins Nichts (Film-Still).

79

Dann stand ich da unten am Hauptplatz und fragte mich, wozu ich heimkomme, wenn ich kein Zuhause mehr habe. Meine Taufpatin gab mir dann zu essen. Und die Frau von unserem Schuhmacher, die war immer so lieb zu uns. Sie machte mir ein Bad.

Sie machte Wasser warm, schüttete es in eine Wanne und meinte, ich sollte alles ausziehen und mich waschen. In der Zeit bettelte sie bei allen Häusern etwas zusammen, damit ich etwas anderes zum Anziehen bekam. Danach brachte mich ihr Sohn zum Friseur. Der wusch mir die Haare und machte, dass ich wieder frisch war. Danach holte mich meine Cousine, die hatte schon erfahren, dass ich wieder da bin, hinauf auf den Wögel-Hof.

Da waren wir zuerst. Dann haben sie oben beim Peršman das Gewölbe dicht gemacht. Ein Bauer brachte eine Kuh für uns zurück, so hatten wir Milch und wohnten in der kleinen Keusche nebenan. Mit der Wieder-gutmachung konnten sie den Hof wieder aufbauen. Inzwischen habe ich meinen Mann kennengelernt und die Haderlap-Mitzi wurde die Tauf-patin meiner Kinder, die war so lieb zu mir. Sie hat mich angemeldet, da habe ich noch einen Liter Öl bekommen und Zucker, es gab alles nur auf die Lebensmittelkarten damals, als ich schwanger war. Und als ich gestillt habe, bekam ich noch Stillgeld, sonst hätte ich nichts gehabt. Die haben viel gemacht für mich.

Heirat in 1955

Angeblich hatte ich die jugoslawische Staatsbürgerschaft. Der Beamte auf der Gemeinde sortierte meine Sachen und meinte, dass er meinen Sohn gleich zum Österreicher macht. Ich bin im Wochenbett gewesen im Entbindungshaus. Die Hebamme wurde mein Beistand und mein Mann hatte seinen Cousin, und so haben wir geheiratet. Und sie haben mich ein bisschen aufgerichtet im Nachthemd im Bett, dass ich unterschrieben hab: Petschnig! Und die österreichische Staatsbürgerschaft gleich dazu.

Dankbarkeit von Tag zu Tag

Es ist nur gut, dass ich so tapfer bin! Meine Hoffnung und mein Glau-ben, das hilft mir, und dann bin ich wieder frei. Herrgott, ich reiche dir die Hand und nun führe mich durchs Leben! Ich habe so ein schönes Alter schon erreicht, da muss man auch Danke sagen. Ich gehe jeden Tag spazieren und bedanke mich für den Tag und für alles, was Gott mir gibt, und dass er sehr verlässlich ist, dann drehe ich um und gehe wieder heim.

Selbstverständnis

Ich bin geborene Kärntnerin. Ich bin hier geboren. Das hat mich am meisten bei Haider geärgert. Er hat gesagt: Mein Kärnten. Passt mir gut auf mein Kärnten auf, hat er einmal gesagt. Und beim Radiohören habe ich gedacht: Warum mein Kärnten. Das ist unser Kärnten! Wir sind hier geboren! So wie ich! Wir sind hier geboren! Nicht er.

Herrgott, ich reiche dir die Hand und nun führe mich durchs Leben, so betet Katharina Petschnig jeden Tag (Film-Still).

81

83

Ernst Blajs
letnik 1928

Ernst Blajs je odraščal v močno obremenjeni družini. Mama se je poročila že zgodaj in v najkrajšem času postala mati več otrok. Ko je bila spet noseča, se je zastrupila. Za štiri majhne otroke je poslej skrbela teta – obdobje polno strogosti in trdote. Leta 1941 je za povrh na vzhodni fronti padel še oče. Otroštvo je bilo tako za zmeraj mimo. Ernst Blajs je moral delati kot da je odrasel moški, spati v preprosti leseni koči, odejo je imel napolnjeno s slamo in vzglavnik z ovsenimi plevami. Ko so leta 1943 v Grabnu zajeli nekaj ujetnikov, je doletelo tudi Ernsta. Obsodili so ga na zapor v logorju Moringen pri Göttingenu. Zapor je pomenil najhujše prisilno delo v podzemnih tovarnah municije, najslabšo hrano, komaj kaj obleke. Pa vendar, se spominja Ernst Blajs, se je na življenje v logorju zaradi hudega otroštva laže privadil kot ostali. Avgusta 1945 se je vrnil iz Moringena. Še v družini so o dogodkih molčali. Življenje se je nadaljevalo z delom.

ERNST BLAJS
Jahrgang 1928

WENN DER LEBENSFADEN IMMER WIEDER REISSEN WILL

Kindheit

Meine Jugend war keine Jugend. Meine Mutter starb schon, als ich erst 13 Monate alt war. Sie war das vierte Mal schwanger, mit 21 Jahren. Sie hatte mit 16 geheiratet, drei Kinder hintereinander und mit dem vierten war sie schwanger, als sie sich umgebracht hat, sie hat sich vergiftet. Sie hatte mit dem Vater Messer geschliffen, weil geschlachtet werden sollte. Sie hatten Messer geschliffen und gestritten und gestritten. Schließlich ging sie durch die Wohnstube und auf dem Weg sagte sie: „In einer halben Stunde habt ihr Feiertag." Sie ging ins Zimmer, der Vater war Jäger und hatte dieses Gift,

Meine Jugend war keine Jugend. Meine Mutter starb, als ich 13 Monate alt war.

Strychnin sagten sie, ein ganz ein starkes Gift, das hatte sie genommen. Nach dem Tod meiner Mutter war meine Tante am Hof als Wirtschafterin, und die hielt uns so streng, dass man es gar nicht erzählen kann. Da war meine Jugend vorbei. Ich wurde erzogen auf das Härteste. Wenn einer von uns dreien, mein Bruder, die Cousine oder ich, nach draußen auf die Toilette musste, schickte die Tante den Onkel hinter uns her zum

Kontrollieren, ob man richtig auf die Toilette gegangen war oder nur an die frische Luft. Das noch zusätzlich zu der ganzen Erziehung. So streng, wie wir erzogen wurden, das war nicht mehr menschlich. Deswegen kam es mir später im Konzentrationslager auch nicht so streng vor wie manchem anderen.

1934 war ich in die Schule gekommen. 1940 weiter nach Eisenkappel. Sie hatten für mich vorgesehen, dass ich noch was lernen soll, weil ich so klein und schmächtig war. Der Unterricht war ja zum größten Teil nur Deutsch, deshalb war in der Schule diese Veränderung spürbar, weil die Lehrerin strenger war mit der Sprache und Heil Hitler und wegen der deutschen Lieder, aus dem Grund merkte man als Kind, dass etwas anders gworden war. Aber sonst nicht, man kam nirgends hin, arbeitete und interessierte sich wenig für Politik.

Aber ich konnte nicht einmal die Volksschule zu Ende machen. Mein Vater starb als ich 13 Jahre alt war. Er fiel an der Ostfront. Als mein Vater starb, musste mein Onkel, der Invalide war, noch einrücken. Später ging er zu den Partisanen, wurde von den Deutschen gefangen genommen, hinter ihrem LKW hergezogen und starb an seinen Verletzungen mit 31 Jahren. Aber als er einrückte, wiesen sie mich von der Schule, weil auf dem Hof keine Arbeitskraft mehr war. Da mussten wir arbeiten von der Früh bis in die Nacht. Das war in Wirklichkeit kein Jugendleben.

Die Männer schliefen alle, bis auf den Vater, weiter weg vom Haus, da stand ein einfaches Holzhaus. In der Mitte war der Onkel, der bei den Partisanen war. Und unten im Keller waren wir zwei, mein Bruder und ich und oben war zum Beispiel der Knecht. Abends liefen wir oft barfüßig im Schnee zu unserer Schlafstelle. Das war ein altes Bett mit Stroh, dann der Strohsack und die Decken und der Kopfpolster, der war mit Haferspelz gefüllt.

Tag des Verrats

Am 12. Oktober 43. Wir waren am Feld bei der Erdäpfelernte und der Bruder ist mit dem Ross aufs Feld nachgekommen. Die Stiefmutter brachte den Partisanen das Mittagessen. Sie war im Wald oben, sah von dort den Hof und wie die Polizei kam, und hat oben gewartet. Der

In der Dämmerung kamen die Polizisten noch einmal (Film-Still).

Bruder führte nachher die Erdäpfel mit dem Ross heim, da schnappten sie ihn. Der kam nicht mehr zurück. Die Großmutter und eine behinderte Frau waren zum Helfen da. Abends in der Dämmerung kamen die Polizisten noch einmal – die Tante war gerade beim Kühemelken im Stall. Mich und sieben andere nahmen sie mit. Die Magd floh zur zweiten Tür aus dem Stall hinaus und ging auch zu den Partisanen. Da gab es auch einen Punkt, wo man sie leicht angetroffen hat. Es war einer bei der Polizei, der war früher bei den Partisanen, flüchtete von den Partisanen weg und verriet nachher alle. Alle Familien am selben Tag eingesperrt! Weil er der Polizei alles verraten hatte. Es gab noch eine andere Situation, wo es brenzlig war: Da waren um die 50, 60 Partisanen und feierten eine kleine Hochzeit die ganze Nacht. In der Früh, das war im März 1943, kam Neuschnee und man sah alle Spuren von 50 Mann. Am nächsten Tag um halb zehn kam die Polizei. Da haben wir schon gedacht, jetzt können wir einpacken. Aber wahrscheinlich war der Kommandant ein besserer Mensch, ein guter Mensch, sozusagen. Wenn er was gesehen hat, dann hat er nichts gesagt.

Moringen

Nach der Gefangennahme war ich noch einen Monat in Klagenfurt im Gestapo-Gefängnis. Und dann wurden wir abtransportiert ins Konzentrationslager. Nach Moringen. In Niedersachsen.

Mit 15 Jahren kam ich im Lager an und auch da gab es von früh bis spät nur schwere Arbeit und schlechte Verpflegung. Weil wir kein Deutsch konnten, waren wir immer isoliert von den anderen. Selbst wenn einige Häftlinge wussten, was im Lager so passierte, haben wir nichts davon erfahren wegen der Sprache. Und doch habe ich nach dem Krieg oft gedacht, es war doch besser im Lager als bei den Partisanen. Was die Partisanen gelitten hatten! Also in Moringen bekamen wir wenigstens eine Suppe, wenn Essenszeit war, obwohl es so schlecht war. Und nachts hatten wir immer ein Dach über dem Kopf. Die Partisanen litten viel mehr als wir Jugendliche im Lager Moringen. 960 km ist Moringen entfernt von hier.

Als wir ankamen, wurden wir vernommen und ebenso geschlagen wie in Klagenfurt beim Verhör. Der Gestapo-Mann hatte so einen schönen Apfel auf dem Tisch und meinte, mein Bruder hätte schon dies und das zugegeben. Ich antwortete immer nur, wenn er was gesagt hat, dann muss er das wissen, ich weiß aber nichts. Nach den Verhören ging es auf den Block und zur Arbeit nach Volpriehausen, 554 m unter der Erde, da war die Munitionsfabrik. Unten hatten wir Gasmasken, das brannte in der Nase und den Augen, ohne Maske konnte man nicht arbeiten. Mein Block war der Block SD, politischer Block, blauer Winkel.

Strafen gab es immer, auch wenn man unschuldig war. Mir stahl jemand den Löffel, da musste ich Ersatz holen. Aber es war an der Ausgabestelle niemand da. Ich war zu spät. Zum Essen hatte ich keinen Löffel. Da hieß es: Befehlsverweigerung. Zehn Stockschläge auf den Hintern waren die Strafe. Ich musste mitzählen, schnell wieder aufstehen, Häftling Nummer so und so, Namen hatten wir keine mehr, hat 10 Stockhiebe dankend erhalten. Das musste man bei jeder Strafe sagen. „Dankend erhalten!" Wenn man so nachdenkt, das war schon schlimm. Ein Lied hörten wir: „Heute gehört uns nur Deutschland – und morgen die ganze Welt." – Und wir haben gesungen: „Heute gehört uns noch Deutschland – und morgen gar nix mehr." Sonst sangen wir nicht und wir beteten auch nicht. Wir Slowenen, wir munterten uns schon ein bisschen auf, einer den anderen, aber mehr oder weniger lebte man, ohne nach vorne zu denken. Jedenfalls ich. Auf dem Gräberfeld sind 58 begraben, die dort gestorben sind und umgebracht wurden.

Hoffnung hatten wir aber immer gehabt, es wird einmal ein Ende haben, also leben werden wir!

Dann begann der Todesmarsch Anfang April. Drei oder vier Nächte, da haben sie uns tagsüber irgendwo untergebracht und nachts sind wir marschiert. Am letzten Tag waren wir nur noch ganz wenige, nicht mal mehr 300. Viele konnten nicht mehr, denen drückten sie einen Zettel in die Hand, einen Entlassungsschein, oder sie knallten sie nieder. Und am letzten Tag waren kaum noch Bewacher da, hinten sind die Häftlinge ausgebrochen. Wir sind am Abend noch da gestanden, es hätte Suppe geben müssen, aber die Küche war leer. Da waren wir frei.

Wir sind dann in den Harz gekommen, nach Wernigerode. Dort waren dann die Amerikaner. Vom 11. April bis zum 22. Mai habe ich in Schauen auf einem Bauernhof geholfen, die Erdäpfel zu setzen. Dann ging es nach Ebersheide, von dort ging ein Transport nach Jugoslawien. In Laibach waren

Vier Jahre war es her, dass Ernst Blajs aus dem KZ Moringen wieder zurück nach Eisenkappel gekommen war, da bekam er den Opferstatus bescheinigt.

wir sieben Tage, da kam einer von den höhergestellten Partisanen zu uns. Er fragte, ob wir nicht gleich da warten könnten, denn Südkärnten käme sowieso zu Jugoslawien, dann könnten wir ohne Grenze heimgehen. Wir waren so lange weg, wir wollten nur nach Hause.

Nach dem Krieg

Am 27. August 45 kam ich endlich heim, da war wieder nur Arbeit, Arbeit – da war noch die Stiefmutter, die Besitzerin vom Hof.
Nach dem Krieg hat überhaupt keiner darüber geredet. Wir haben nicht einmal in der Familie darüber gesprochen. Es hieß, gut, dass wir daheim sind, gut, dass es vorbei ist. Jetzt, nach 60, 70 Jahren wird aber viel darüber gesprochen …
die Jugend hält die Erinnerung hoch, damit es für die nächsten Generationen bleibt. Ich habe halt nur gearbeitet und geschuftet, das ganze Leben. Am 20. Juni 55 haben wir geheiratet, bis dahin war ich noch am Hof, erst bei der Stiefmutter, dann beim Bruder. Er trank gern und war sehr viel unterwegs. Drei, vier Monate lang war ich allein für alles da, ich war

Zehn Jahre nach Kriegsende heiratete Ernst Blajs seine Frau Marica.

90

Bauer, Bäuerin, Magd, Knecht, alles – er zechte oft die ganze Nacht, spielte Karten und schlief am nächsten Tag. Ich heulte oft am nächsten Tag beim Kühemelken wie ein Hund an der Leine. Und 1952 heiratete er, er war sehr eifersüchtig und dann sah er einmal Spuren im Neuschnee und dachte, es sei jemand bei seiner Frau. Da hat er einfach die Pistole genommen und sich erschossen.

Ein eigenes Leben

Am 20. Juni 1955 heiratete ich meine Frau.
Ob ich was gegen Deutsche habe? Wenn sie anständig sind, warum? Sind sie halt Deutsche!
Was willst du auf die nächste Generation eine Wut haben, wenn die doch gar nichts mitgemacht haben? Ich war ein Slowene. Das bin ich heute noch. Meine Kinder sind zweisprachig aufgewachsen.

93

OTTMAR MALOVERŠNIK
letnik 1933

„Moj oče je bil v nemški vojski, stric pri partizanih, mama
je bila v Ravensbrücku in Auschwitzu. Moj birmanski boter
Franz je končal v logorju Mauthausen, sestrične pa v logorju
Moringen. Jaz pa pri desetih letih, otrok, kaj sem vedel o tem!
Spal sem na skednju, nisem imel svoje sobe, ničesar. Kadar
je pihalo, mi je veter skozi planke nosil sneg na odejo. Kot
otrok ne veš, da je lahko tudi bolje. Brez staršev, kako naj
to gre. Vedno sem bil bos, podplate sem imel kot iz usnja.
In nobenih živilskih kart, ker ni bilo staršev. V vasi doli so
visele Hitlerjeve zastave in povsod si moral pozdravljati „Heil
Hitler!". Mama je bila dekla. Da je smela imeti tisto malo
stanovanje, je morala pri Schorliju oddelati 30 izmen. V šolo
sem hodil v Lepeno, 64 otrok je bilo in jaz sem bil dober
učenec. Nemško pa nisem znal. Ko smo se učili nemško, je
bila to moja edina trojka v spričevalu. Na Auprichu, kjer smo
živeli, ni bilo dneva, da niso prišli ali partizani ali pa Nemci.
Ves čas."

Ottmar Maloveršnik

Jahrgang 1933

Einmal so, einmal so. Da kannst du nichts machen

Die Familie im Zweiten Weltkrieg

Mein Vater war bei der Wehrmacht, mein Onkel bei den Partisanen, meine Mutter wurde nach Ravensbrück und Auschwitz verschleppt. Mein Firmpate Franz kam nach Mauthausen ins KZ und die Cousinen nach Moringen ins KZ. Aber ich als Kind, mit zehn Jahren, was willst du da schon wissen! Ich schlief auf der Tenne, ich hatte kein Zimmer, gar nichts. Wenn es windig war, dann trieb der Wind durch die Planken den Schnee auf meine Decke. Als Kind wusstest du nicht, dass es hätte besser sein können. Ohne Eltern, wie sollte das gehen. Ich lief immer barfuß, hatte Fußsohlen wie Leder. Und keine Lebensmittelkarte, weil die Eltern weg waren. Unten im Ort hingen die Hitlerfahnen und überall musste man mit „Heil Hitler!" grüßen. Mein Vater war ein Bergmann in Bleiberg. Mehr als 100 Kilometer weg von uns. Er arbeitete zehn Tage und hatte dann drei Tage frei, dann kam er zu uns. Fuhr die ganze Strecke mit dem Fahrrad. Vieles vergisst man, aber das weiß ich noch ganz genau, wie das war. Meine Mutter war Magd. Um die kleine Wohnung im Lobnig zu haben, musste sie 30 Schichten im Jahr beim Schorli arbeiten. Wir wohnten mit vier Leuten in einem Zimmer. Alles fand da statt, kochen, waschen, ein Badezimmer gab es ja auch nicht, geschlafen haben wir auch darin. Alle zwei Tage musste ich die Petroleumlampen putzen, sonst hätten wir gar nichts mehr gesehen. Die Petroleumlampe musste immer ganz genau stehen, sonst hätte meine Mutter den Faden nicht sehen können. Sie saß jeden Abend am Spinnrad. Wir hatten immer Schafe. Daher kam die Wolle. 1941 wurde mein Vater eingezogen zur Ostfront. Ich ging in Leppen zur Schule, 64 Kinder waren da und ich war der beste Schüler. Deutsch konnte ich aber noch nicht. Als wir das lernten, hatte ich meinen einzigen Dreier im Zeugnis. Am Auprich, wo wir lebten, verging aber kein Tag, wo nicht entweder die Partisanen

95

Mein Vater war mehr Wilderer als Jäger (Film-Still).

oder die Deutschen da waren. Nur politisch, es war alles nur politisch. Wenn die Deutschen da waren, durfte man nichts sagen. Ein bisschen später kam die Polizei. Meine Mutter war daheim und der Franz und der Erni, und so haben sie die drei abgeführt. Meine Mutter kam zusammen mit der Mutter von Anton Haderlap zuerst nach Ravensbrück und dann nach Auschwitz. Mein Onkel war länger als drei Jahre in Mauthausen. Es war keiner mehr da für mich. Meine beiden Cousins waren in Moringen. Ich blieb allein und musste die Tante Malka verpflegen, eine gute Woche lang, zweimal am Tag Essen hinauftragen. Einmal war es ganz knapp, beinahe hätte mich die Polizei erwischt. Bei einem Opferstock. Ich ging genau unter dem Kreuz, da konnten sie mich nicht sehen. Ganz knapp bin ich noch davongekommen. Später war ich aufmerksamer.

Zu Mittag war es am sichersten, abends oder in der Früh war es nicht so gut – am Auprich waren entweder die Partisanen oder die Deutschen. Die ganze Zeit. Die ganze Zeit. Bei den Nachbarn haben sie Leute erschossen. Die Deutschen erschossen zwei Polinnen. Meinen Onkel und einen Bauern erschossen da oben die Partisanen. Oben beim Wegel haben sie drei erschossen, zwei Partisanen und einen Deutschen. Franz, der Bruder meiner Mutter, und Johann, mein Vater, kamen zweimal auf Fronturlaub. Aber sie trauten sich nicht hierher, weil die Partisanen sie sonst gleich geschnappt hätten. Und wegen der Partisanen wurde dann in Leppen die Schule geschlossen, dann gingen wir in Eisenkappel in die Schule.

Nachkrieg

Wir waren froh, dass wir alle wieder zusammenkamen. Zuerst waren wir noch unten in Eisenkappel. Dann bezogen wir für ein gutes Jahr die Kuchar-Keusche, ehe wir wieder auf den Auprich kamen.

Mein Vater, der war mehr Wilderer als Jäger. Als er aus dem Krieg wieder kam, war er ganz mager und ausgehungert. Und ich war noch zu klein zum Helfen beim Wildern. Da ging der Vater selbst und brachte fast immer was zum Essen. Es gab ja sonst fast nichts zum Essen, nichts, null. Mein Vater, der war auch Zimmermann. Da hat er aus einem alten Stall für uns ein Haus machen wollen, hat einen Dachstuhl gebaut. Aber er hat geraucht. Und dann hat er versehentlich das Haus in Brand gesteckt, das war 1947, am 8. Dezember. Und 1948 am 5. Mai sind wir dann nach Lobnig gegangen.

Nach dem Krieg ging ich mit meinem Freund fensterln. Es gab schöne Mädchen überall. Einmal gingen wir los, da fing es unten an zu regnen. Gingen wir bergauf, fing es an zu schneien. Dann kamen wir zum Lipsch. Die Mädchen waren drinnen in der Küche. Wir konnten nur sehen, dass sie beim Stricken waren. Und dann bauten wir drei kleine Schneemänner, die ins Fenster schauten. Aber beim Hrbelnik, das lag auf dem Weg, da gingen wir dann schon hinein, da war der Toni ortskundiger als ich.

Später wurde ich auch Totengräber. 124 habe ich beerdigt.

Der Blick auf's Leben

Einmal so, einmal so. Da kannst du nichts machen. Gott sei Dank haben wir überlebt.

ANTON HADERLAP
letnik 1930

Anton Haderlap je odraščal kot najstarejši sin na kmetiji Vinkl. Družina se je zavzemala za slovensko govorico, na skednju so denimo prirejali gledališke igre. Majhno kmetijo so Haderlapovi obdelovali za lastne potrebe. Dodatno je moral Antonov oče Michael delati kot kočijaž in pri grofu kot drvar, da je prišlo v hišo kaj denarja. Življenje je bilo preprosto, vendar lepo. Samo pri pouku nemščine je imel Anton Haderlap nekaj preglavic. Ko so v Železni Kapli stacionirali vojsko za napad na Jugoslavijo, so šolarja navdušile vojaške uniforme in oprema. Kmalu se bo še sam pridružil vojski. Oče Michael je šel v partizane. Sosedje so denuncirali mater, nakar so jo prijeli in deportirali v logor Ravensbrück. Anton Haderlap se je z mlajšim bratom naenkrat znašel brez vsega na izropani kmetiji. Sama sredi vojne. Tako sta šla še sama v partizane in postala kurirčka. Partizanski časi so Antona zaznamovali. Življenje v gozdu je postalo njegova druga narava. Oče, mati in sinova so preživeli logor in partizanske čase.

ANTON HADERLAP
Jahrgang 1930

LIEBER LEBEN WIR IM WALD

Kindheit auf dem Vinkl-Hof

Ich bin am 6. Dezember 1930 bei einem kleinen Bauernhof
geboren. Diese Bauernhöfe haben damals eine sehr schwierige Zeit gehabt, es gab keine Chance zu überleben, ohne
nebenbei Lohnarbeiten zu verrichten. Der Haupteinnahme-
faktor war der Forst. Der Vater hat immer wieder im Winter

*Seit jeher verdien-
ten sich die Berg-
bauern im Winter
durch Forstarbeit
und Fuhrdienste
für den Grafen
etwas dazu.*

Maria Haderlap, geb. Miklau, konnte sehr gut kochen und Vorräte anlegen, sie betrieb die Mühle und die Obstdörre auf dem Vinkl-Hof.

fuhrwerken müssen, d. h., er hat das Holz auf den Bahnhof nach Eisenkappel gebracht oder zu einer Säge, das hat immer ein paar Schilling gebracht. Wir waren Selbstversorger, wir haben zu Hause fast alle Nahrung selbst erzeugt. Schweine brachten Fleisch und Fett, die Kühe wurden dreimal am Tag gemolken. Es war fast unmöglich, Milch zu bekommen, die nicht dreckig war. Bei uns daheim kommen die ganzen Bäche zusammen und deshalb war bei uns die Mühle fast an jedem Tag in Betrieb. Die Bauern haben uns das Getreide gebracht, das zu mahlen war. Meine Mutter hat die Mühle betreut. Was wir uns Arbeit angetan haben! Für ein Dankeschön. Was bin ich dir schuldig?, fragten die Nachbarn. Und der Vater sagte, wenn du was hast, dann gibst du was…

Viel Arbeit fiel im Herbst an. Bei uns steht noch heute der Dörrkasten. Apfelspalten und Birnen wurden getrocknet. Man hat dafür sehr viel Holz gebraucht, jeden Tag einheizen, sortieren, nachlegen und nachsetzen. Man muss jede Zwetschke, bis die getrocknet ist, drei, vier Mal anpacken. Und der Vater hat jeden Sommer ein paar Meter Holz bei den Bauern gehackt.

Beim Fuhrwerken war ich gern dabei. Als Kind habe ich immer gern gesehen, wenn mein Vater mit dem Schlitten Holz aufgeladen hat und damit nach Eisenkappel gefahren ist. Einmal war Neuschnee, wir hatten einen Schlitten mit Kette, damit der Schlitten nicht unkontrolliert schneller werden konnte. Das Ross war eingespannt, und wir hatten etwa drei Kubikmeter Holz aufgelegt, das ist schwer. Und im Hohlweg haben dann die Ketten nicht mehr gehalten, die Spur war eisig und nur das Ross hat gehalten. Damals waren die großen Techniker diejenigen, die immer gefuhrwerkt haben, die haben mit Zapfen gekostet, ob das Holz trocken war oder nass, und die nassen Hölzer waren ja viel schwerer zum heben. Immer war Holz gefroren und man suchte die trockenen Stämme heraus. Es ist ein Leben voller Arbeit gewesen und das hat gedauert, so lange ich daheim war.

Die Töpfe waren voll mit Schmalz und Grammeln. Und getrocknetes Obst als Kompott haben wir gegessen, das ganze Jahr! Weil die Mutter so viel gemacht hat. Die Leute, die damals am Tisch gesessen sind, haben alle aus einer Schüssel gelöffelt. Da hat kein Einziger einen Teller oder Besteck gehabt. Und der Vater hat gesagt, wenn du Fleisch willst, musst du schauen, dass du zuerst sehr schnell in die Mitte greifst, Erdäpfelsauce oder Sauerkraut, dann fällt das hinein und dir zu. Wir haben eine besondere Jugend genossen, bis der Krieg gekommen ist, das ist das Traurige, was man erlebt hat.

Anton kommt zur Schule

Im 37er Jahr bin ich in Leppen in die Schule gegangen. Damals habe ich kein Wort Deutsch gekonnt. Nicht eine einzige Silbe, wir haben damals nur Slowenisch gesprochen, auf keinem Bauernhof konnte jemand mehr als ein paar Worte der deutschen Sprache.

Für die Kinder der slowenischen Bauernfamilien gab es in der Schule ein besonders schwieriges Fach: Deutsch (Film-Still).

Gebete, Grabreden und Predigten – auch in der Kirche ist nur Slowenisch gesprochen worden. 1938 ist dann die nationalsozialistische Obrigkeit gekommen und hat dem Lehrer gesagt, wir müssen ab jetzt Deutsch reden. Es ist ja nur eine einklassige Volksschule gewesen, aber es waren über 60 Kinder darin in vier Abteilungen. Die Lehrer hatten noch Stöcke gehabt, falls jemand was angestellt hat, hat er dem Lehrer die Hand hinhalten müssen und hat Schläge bekommen. Ein Erlebnis von 1939 waren für mich die französischen Kriegsgefangenen. Sie waren bei uns in Eisenkappel stationiert in einem Stall und haben den Leppener Weg verbreitert und befestigt. Jedes Jahr musste man mit einer Überschwemmung rechnen, weil das Wasser beim Hochwasser über die Ufer getreten ist und die Straße wieder abgeschwemmt hat.

Bevor die deutsche Wehrmacht in Jugoslawien einmarschierte, sammelte sie ihre Kräfte. In Eisenkappel waren viele Soldaten stationiert, der Hauptplatz war voller Uniformierter.

Unser Lehrer in Leppen hat nach dem Einmarsch der deutschen Truppen in Österreich sofort die Wandkarte heruntergenommen, weil das noch das alte Österreich war. Dann entfiel das Vaterunser in der Früh – stattdessen haben wir immer ein Tagesgedicht gelesen. Wir Kinder waren unerfahren. Diejenigen, die schon etwas besser Deutsch gekonnt hatten, die haben beim Jausnen immer Marmelade bekommen, und wir waren diejenigen, die nichts bekommen haben. Als unser

Lehrer damals nach Leppen kam, hatte er einen schwarzen
Pullover angehabt und darauf waren so zwei Vierer. Und
wir Kinder haben uns gefragt, was hat denn der Lehrer für
Vierer drauf. Damals hat keiner gewusst, was das bedeutet:
im Kreis einen Vierer zu haben. Dann haben meine Eltern
gesagt, man muss nach Eisenkappel gehen in die sechsklassige
Volksschule. Jetzt hatte ich jeden Tag die zehn Kilometer den
Fußweg gehabt vom Vinkl nach Eisenkappel. Und es war
schon ein Problem, weil wir nicht danach eingekleidet waren.
1942 bin ich in Eisenkappel in die Schule gegangen, nach
Leppen hat sich kein Lehrer mehr getraut. In Eisenkappel
habe ich die Abzeichen gelernt – Obergefreiter, Feldwebel,
Hauptmann oder SA oder SS. So sind wir draufgekommen,
dass diese zwei Vierer SS waren. D. h., der Lehrer in Leppen
war schon Parteimitglied als Österreich noch existiert hat.
Ich habe leicht gelernt. Nur die deutsche Grammatik, das hat
mich immer belastet.

Ein Bub begeistert sich fürs Militär

Ich glaube, es war im August 1942, als die ersten Kämpfe mit
den Partisanen im Widerstand stattgefunden haben. Polizisten

sind mit zwei LKW nach Leppen hineingefahren, sind beide abgestürzt, bei der Auprich-Keusche über den Rain hinunter. Ich bin in die Schule gegangen und habe die beiden Autos unten liegen gesehen, voll mit Decken und Verbandszeug. Das war aber nur ein Unfall, der dort passiert ist, kein Kampf. 1941 war in Eisenkappel viel Militär stationiert, weil der Einsatz am 6. April 1941 nach Jugoslawien stattfinden sollte. Wir Kinder haben uns herumgetrieben bei den Waffen und Pferden, fast überall haben sie uns verjagt, weil wir neugierig waren.

Dass wir dann später die Wehrmacht als Feind gehabt haben! In 1941 haben wir Kinder sie eigentlich bewundert – immer wieder wurden die Wochenschauen in der Schule gezeigt und darin teilten sie uns immer die Gloria der Erfolge in Polen und in Frankreich mit.

Damals ist für mich alles neu gewesen, ich habe mich interessiert für die Waffen, für die Pferde, wie die eingeschirrt worden sind, die Sättel, die verschiedene Wägen, die Soldaten, die mit einem Tornister gekommen sind. Wo hat man denn früher einen Tornister gesehen! Selbst hat man nur einen Rucksack gehabt, der voller Fett war. Auf diese Art hat man ein Erlebnis gehabt. Bei uns in der Schule in Eisenkappel ist der Schuldirektor ein Parteimitglied gewesen. Er war lange Ortsgruppenleiter und aktiver NSDAP-Funktionär. Er ist 1941 zur deutschen Wehrmacht gegangen, als der Einsatz gegen Jugoslawien war, und ist als Oberstleutnant zurückgekommen.

Angst vor Deportation

Ich bin nach der Schule am Hauptplatz gewesen. Die Menschen waren in dieser Gegend sehr verschlossen. Man ist in die Kirche gegangen und wieder zurück nach Hause, ohne Kontakt zu anderen. Und damals waren am Hauptplatz sehr viele mir fremde Leute anwesend und es war ein Drunter und Drüber. Der alte Herr Prušnik, der hat damals die Harmonika gespielt. Ich bin nach Hause gerannt und habe meinem Vater gesagt, was ich gesehen habe. Er wusste sofort, was los war, und ist gleich zu Fuß hinuntergegangen. Er hat einen Freund gehabt, der Besitzer des Hauses war, in dem die Gendarmerie das Büro gehabt hat. Und er hat ihn gefragt, wer als Nächstes mit der Aussiedlung drankommt. Und der Freund sagte ihm, auch du bist drauf auf der Liste. Mein Vater rannte nach Hause und wir bereiteten uns vor. Meine Mutter hat damals das beste Fleisch gekocht, das wir gehabt haben. Dann sind die Nachbarn gekommen, sie wussten auch schon, dass wir drankommen. Es gab ein Abschiedsessen wie ein Totenmahl.

Danach verabschiedeten sich die Nachbarn: „Mein Gott, wie schön das war, mit euch zusammen zu leben und zu arbeiten, und hoffentlich kommt's nach Hause noch einmal!" Ich bin dann am nächsten Tag in die Schule gegangen und habe mitbekommen, dass die Bevölkerung auch unten in Eisenkappel unwahrscheinlich mitgelitten hat. Es waren ja hauptsächlich diese slowenischen Funktionäre, die bei der Sparkasse, im Genossenschaftswesen, am Kultursektor tätig waren, die sie deportierten. Die jetzige Gemeinde Eisenkappel ist damals aus zwei Gemeinden entstanden. Die Vellacher Gemeinde

Als Anton Haderlaps Vater Michael erfuhr, dass auch seine Familie ausgesiedelt werden sollte, bereitete die Mutter zu Hause ein Festessen für die Familie (Film-Still).

107

war die große, die Kapitalgemeinde, das waren die Bauern. Von Eisenkappel gingen ja die fünf Gräben hinein bis 15 Kilometer, Seeberg, Remschenig, Leppen, wenn man bis Luscha geht, sind auch 12, 13 km, und wenn man bis Lobnig geht, sind es auch 7 km und nach Ebriach auch 15, 20 km, eine Strecke.

Und diese Gebiete waren ja damals in der Regie der Bauern. Nach Eisenkappel ist man nur zum Einkaufen und in die Schule gegangen, in die Kirche und zum Begräbnis. Irgendwie sind wir wohl wieder von der Liste heruntergenommen worden. Jedenfalls blieb die Familie noch bis September 1943 zusammen.

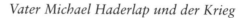

Michael Haderlap war als junger Mann schon im Ersten Weltkrieg Soldat gewesen und bekam eine Auszeichnung für seine Tapferkeit.

Vater Michael Haderlap und der Krieg

Mein Vater ist schon 1938 als Erster einberufen worden zur Deutschen Wehrmacht. Zu Waffenübungen. Als 17-jähriger war er, damals in der Habsburg-Monarchie, bei der 12. und letzten Offensive an der Piave dabei und ist dabei verwundet worden.

Und zwanzig Jahre später in der Hitler-Zeit kommt er zur Deutschen Wehrmacht. Ich sehe jetzt noch, wie er seinen Papierkoffer gepackt hat. Daheim war nur ein Koffer gewesen vom ersten Weltkrieg. Da ist er nach Klagenfurt gefahren und hat so einen Papierkoffer gekauft, gepackt und ist zu Fuß hinuntergegangen, ich hab ihm nachgeschaut. Nach der Waffenübung kam er kurz nach Hause zurück und später wurde er als Grenzsoldat einberufen. Die deutsch-jugoslawische Grenze wurde bewacht.

Die Grenzsoldaten haben oben in Koprein-Petzen beim Harisch gewohnt und ihren Dienst versehen bis ungefähr 1943. Dann hat mein Vater eine Einberufung nach Italien an die Grenze bekommen und ist nicht mehr gegangen. Es hieß bei uns schon, dass der Krieg längstens noch 14 Tage dauert. Italien hatte den

Deutschen den Krieg erklärt, die Deutschen werden sagen, nix mehr, wir hören auf. Der Krieg ist aus. Dass der Krieg dann noch ein zweieinhalb Jahre gedauert hat, wer hat sich das damals gedacht?

Statt der Einberufung zu folgen ist mein Vater am 17. September 1943 zu den Partisanen gegangen, es wurde abgesprochen, ganz sicher. Ich kannte die nicht, die zu uns kamen und dem Vater sagten, er muss mit ihnen gehen. Mein jüngerer Bruder Zdravko und ich waren im Schlafzimmer nebenan, wir haben herausgeschaut, einer hat Harmonika gespielt. Und diese Melodie bleibt mir jetzt noch! Der Vater ist dann zu dieser Partisaneneinheit, die oben am Topitschnik war. Das ist der erste Stützpunkt gewesen, wo sie sich niedergelassen haben. 1943 sind schon öfter Partisanen erschienen bei den verschiedenen Bauernhöfen. Dann hat ein Nachbar jemandem verraten, dass der Vater nach Hause gekommen ist. Und deswegen musste meine Mutter ins KZ, obwohl es gar nicht unser Vater war, ein anderer Partisan wollte was zum Essen haben.

Die beiden Brüder Zdravko und Anton Haderlap waren nach der Verhaftung der Mutter ganz auf sich allein gestellt.

Die Mutter wird inhaftiert: KZ

Am 12. Oktober 1943 wurde meine Mutter verhaftet. Damals haben sie zehn Familien geholt. Mosgan, Blajs, Auprich, Kogoj … und meine Mutter. Dieser Abschied von der Mutter, das war sehr traurig. Ich bin ihr damals gerade bis zur Brust gegangen. Sie musste sich in fünf Minuten anziehen. Ich bin an diesem Tag nicht in die Schule gegangen, ich habe so ein Gefühl gehabt, ich muss heute daheim bleiben. Und seit damals, vom 12. Oktober 1943 an, bin ich gar nicht mehr in die Schule gegangen. Und kein Einziger hat uns vermisst oder gefragt, warum kommst du nicht mehr in die Schule? Kein Einziger von der Gemeinde hat sich bereit erklärt, uns zu nehmen, nur die Tante Leni. Leni

*Wehrmachtsoldaten
holen die Familie
(Film-Still).*

Kuchar. Dieser Abschied, das ist schon so traurig, das werd
ich nie vergessen. Ich habe ja alle gekannt. Und dieser Blatt-
ner, ich weiß den Namen noch, der hat gesagt, Vinklin, du
bist verhaftet. Es ist drunter und drüber gegangen im Haus.
Die Stiegen sind sie rauf auf den Dachboden und haben die
ganzen Kisten aufgerissen und alles rausgeschmissen. Es ist
alles herumgelegen. Einer hat Harmonika gespielt. Und ein
Polizist, rote Haare hatte er, hat geweint. Das waren so junge,
dumme Soldaten oder Polizisten, die sich ausgetobt haben an
uns, weil wir ohne Waffen und wehrlos waren.Und dann –
die Leere. Es ist Leere entstanden.
Es war Verrat durch die Nachbarn. Meinen kleinen Bruder
Zdravko haben sie dann mitgenommen und ihn geschlagen.
Sie haben ihn herumgezerrt, einen Tag und eine ganze Nacht

lang. Zdravko hat ganz blutige Füße gehabt von den Schlägen. Sie wollten wissen, ob der Vater sich noch zu Hause zeigt. Aber der Bub hat es nicht gewusst. Es war klar – keiner hat nichts gesehen. Keiner hat nichts gewusst. Weil das am besten ist.

Heimlicher Besuch vom Vater

Ich habe ein paar Mal den Vater gesehen und es ist interessant, dass man sagen kann, er hat nichts machen können mit uns Buben. Was willst du mit einem elfjährigen Buben in den Widerstand gehen, wenn die anderen schon kaum überleben, die sich wehren können.

Die antifaschistische Frauenbewegung hatte die Aufgabe gehabt, den Partisanen Sanitätsmaterial und Schreibmaterial zu organisieren. Am 20. Oktober 1944 wurde diese Gruppe der Frauen verraten. Die Gestapo hatte eine Frau eingeschleust, die alle Absprachen der Frauen weitergab – wer, was, wie. Und ich habe die Aufgabe gehabt, der Frauengruppe mitzuteilen, dass die sofort flüchten müssen, es waren 15 Personen, die geflüchtet sind. Diese Gruppe hat meinen Bruder und mich übernommen. Die haben gesagt, diejenigen, die den Partisanenkampf schon einen Winter oder zwei Winter miterlebt haben, die wissen, dass der Winter kein Honigschlecken war, um im Widerstand zu überleben. Und wir sind dann von daheim weg, die erste Nacht haben wir beim Nachbarn im Stall übernachtet. Und wie ich in der Früh munter geworden bin, habe ich nach Hause hinuntergeschaut, der Hof, das Gebäude stand unten allein und verlassen, kein Mensch mehr da. Da hat es mich innerlich erwischt. Und dann sind wir zum Mosgan hinauf. Beim Mosgan war der Tine, Tine Petschnig war der Kommandier der einzigen Wehr- oder Kampfgruppe, die damals noch in Kärnten geblieben ist. Er hat uns aufgenommen. Er war der Verantwortliche. Dann kam mein Vater, der war Kommandier der Stanitza-Garde, Kurierstützpunkt Nummer K9. Das Kommando der Kärntner Kuriere war damals im Sandtal/ Luschach, wo wir waren. Wir waren damals von Hermagor bis Dravograd in Linie, so 1, 2, 3, 4, so wie die Nummern waren, sind Posten gewesen, auf jedem Posten waren um die acht bis zehn oder 14 Personen.

*...höchstens einmal
die Schuhe gelüftet.*

Als Kurier bei den Partisanen

Ich habe keine andere Möglichkeit gehabt! Wo sollte ich
denn hingehen? Arrest? Moringen womöglich? KZ für die
jungen Burschen? Oder irgendwohin? Es war ja sonst niemand da! Meinen Onkel Toni hatten die Zöllner erschossen
beim Miklauhof unten. Dann meinen Firmpaten, den Schertu
haben sie in Dachau umgebracht. Seine Frau Katharina, eine
Schwester meines Vaters, in Ravensbrück. Die Tante Malka
vom Auprich ist selbst zu den Partisanen geflüchtet. Ich weiß
nicht, wo sie war. Sie wurde später gefangen und ins KZ
Ravensbrück gebracht. Und dann war die Einzige die Tante
Leni, die wurde dann von den Deutschen auch gefangen, und
ihr Mann war bei der Deutschen Wehrmacht! Wir haben
niemanden gehabt. Wo solltest du hingehen? Mit fast 14

Jahren. In dem Alter, in dem der Zdravko und ich waren, waren wenige dabei. Als einziger Peter Kuchar, der war bei der gleichen Einheit. Und am 5. Mai, zum Beispiel meine Geschichte am Kurierposten, ich bin ja kein Kämpfer gewesen, auch unsere Partisanen waren ja keine Kämpfer, die Mehrheit hat gerade so viel Waffen gehabt, dass man sich selbst verteidigt.

Ich hab Waffen getragen. Die erste Waffe, die ich bekommen habe, mit der habe ich fast eine Dummheit gemacht. Und zwar waren wir bei Lutsche unten, bei diesem Bauernhof, das Kommando der Kuriere, die Kommandanten, die Kommissare von der ersten Linie, von der zweiten Linie, von der dritten Linie, die sind immer gekommen und von dort wieder ausgeschwärmt.

Und unser Stützpunkt hat vom englischen Flugzeug in Museje unten Waffen heruntergeworfen bekommen und so haben wir 20 Gewehre gekriegt und Munition auch für die Kuriere, die gehören ja irgendwie dazu zu der Einheit. Und wir haben die Aufgabe gehabt, im Wohnzimmer, wo wir waren bei diesem Bauernhof, Waffen zu reinigen. Die waren eingeölt und ich war unerfahren und unüberlegt. Da sitzt der Kommandier unserer Wachgruppe und um den Riesentisch sind fünf, sechs Partisanen herumgesessen. Sagt mir der Peter, Toni, dein Gewehr schlägt nicht ab. Patrone, Magazin heraus, sperr zu und drück ab. Und der Schuss ist heraus auf den Tisch und dort sitzt der Kommandier unserer Einheit und die Kugel hat sich am Tisch gewendet, ist vom Tisch heraus, zum Fenster hinaus. Damals habe ich gedacht, so Toni, und jetzt ist es aus. Man denkt, für solche Dummheiten wird man ja bestraft. Und dann ein Schrei drinnen in der Wohnung, der Bauer hat sich aufgeregt: „Was geben Sie den Kindern die Waffen, wenn sie die nicht beherrschen?" Und dann haben sie mich verurteilt, von zwölfe in der Nacht bis zwei Uhr immer Posten zu stehen. Geweckt – Wache. Ich habe die Aufgabe gehabt, auf einen Berg zu gehen, jeden Tag, um mit dem Fernglas zu beobachten, ich konnte die Lobniker Bauernhöfe sehen und in Leppen fast alle. Und damals war vereinbart, dass bei den Bauernhöfen diejenigen, die noch daheim waren, die Partisanen gewarnt haben mit verschiedenen Tüchern. Steppdecke rot – Gefahr. Leinen, Leinentücher, die frei am Balkon gehangen sind – frei. Du kannst gehen.

Wir haben uns in dieser Zeit überhaupt nicht ausgezogen. Wir haben immer in der Hose gelegen, höchstens mal die Schuhe gelüftet. Mehr nicht. Immer mit voller Kleidung in diese Pritsche zum Schlafen. Wir haben nach Feuer gerochen, gestunken! Wir haben uns zwar das Gesicht gewaschen, aber alles andere … – wer hat sich denn da ausgezogen und beim Wassertrog gewaschen? Man wird langsam wie Wild im Wald. Man riecht, man hört sehr gut, weil man immer aufpassen muss, weil du immer in Gefahr bist, ganz besonders im Wald. Wenn du bei einer regulären Wehrmacht bist, hast du keine Angst, denke ich, du kannst schlafen gehen und musst keine Angst haben, dass dich einer erwischt. Die Bunker waren ein immer bewegliches Krankenkaus, dann gab es die politischen Büros und die Druckerei im Bunker. Alle Bunker waren geheim zu halten und zu tarnen, die Tritte, die zu ihnen führten im Winter, das war ja eine Katastrophe! Wir waren Spezialisten im Spurverwischen, so dass man nichts mehr sah. Und meistens ist man irgendwo im Graben oder im Bachbett gegangen – oder man bat den Bauern, der die Partisanen unterstützte, hinterher das Ross drüber zu führen, damit die Spur verschwunden ist.

Wenn die Kuriere um ein oder zwei Uhr in der Nacht gekommen sind, dann musste einer von uns in der Früh gehen, die Spur zu verwischen! Das war viel Arbeit. Mein Vater hat uns ja fast nie gelassen. Höchstens zu einem sicheren Treffen der Kuriere um 2 Uhr, oder um 4 Uhr in der Nacht bei der Fichte. Wenn man die Post erhielt, ist man gleich wieder gegangen. Der eine hat das, was gebracht wurde, übernommen, und der Kommandier der Einheit, der hat diese Briefe sortiert, auf jeden Brief eine Notiz gemacht, wann empfangen, wann abgegeben, sodass man nicht, irgendein Packerl hinein …

Das war, bis die Deutschen wieder in unser Gebiet eingedrungen sind. Von dort sind wir, wir waren nur 13, durch diesen Ring herausgebrochen. Da sind Zdravko und ich dabei gewesen. Nach drei Wochen sind wir über Umwege wieder nach Kärnten gekommen. Drei, vier Tage bekamen wir kein Essen. Und so viel Schnee. Damals war so viel Schnee, im Winter 44/45. Dann kamen wir am 26. Dezember 1944 wieder zum Vater auf den Stützpunkt. Er hat Rindfleisch gekocht und eine Rindssuppe, die sehr gut geschmeckt hat mit Nockalan. Denn er hat gewusst,

die Buben kommen. Der Stützpunkt ist sehr schön in einer Jagdhütte vom Grafen Thurn gewesen. Leider haben wir nur für die Winterzeit drin bleiben können, dann mussten wir rausgehen, weil Partisanen einmal durch einen Kampf mit der Polizei zu uns hinauf Spuren hinterlassen haben. Wir mussten sofort mitgehen und haben fünf Tage gebraucht, um einen neuen Stützpunkt zu finden, und sind dort geblieben bis Mai.

Am 30. April 1945 hat die Deutsche Wehrmacht uns aus diesem Bunker herausgejagt. Es hat geschneit. Und da haben wir eine Spur hinter uns gelassen. Ich bin da gesessen, wo unsere Kuriere geheizt und sich gewärmt haben. Beim Polatschnik haben sie unten einen Viertellaib Brot gekriegt und Butter und das haben wir gegessen. Dann haben uns die Deutschen in Schwarmlinie überfallen. Und ein deutscher Soldat ist so weit gekrochen, dass er schon neben mir gelegen ist. Das war nachts und weil es so gegossen hat, habe ich das Geräusch der Tropfen auf seiner Zeltplane gehört. Und ich schau hin und schreie: „Schwaba!" Da ist er in einen Graben gefallen und weg war er. An dem Tag sind wir fünf Mal mit den Deutschen zusammengekracht und bei Peršman oben, wo die Kirche ist, ein Stückerl draußen, ich weiß genau, es waren unten von Luscha aus sicher tausend Polizisten gewesen von der Wehrmacht, und wir waren mitten drin, von unten, von Globasnitz, kamen die Polizisten auf 15 Meter zu uns!

Für das letzte Essen am 6. Mai haben wir Löwenzahn geerntet, sieben Partisanen haben geerntet und zwei haben Wache gehalten. Ja – was soll man tun! Zum Löwenzahn hatten wir noch Erdäpfel und Kalbsbraten, das war das letzte Essen im Bunker. Dann sind wir am 8. Mai beim Vinkl gelandet und in Eisenkappel, die erste Nacht beimVinkl und am 8. in Eisenkappel. Und am 13. Mai 1945 hat unser Kommando mich und den Zdravko mit einem Entlassungsschein entlassen. Und meinen Vater, der damals sehr krank war. Das hat mir sehr viel geholfen, dass ich noch den Zettel hatte, noch mit der Hand geschrieben, dass man entlassen worden ist, dass ich beweisen konnte, dass ich dabei war. Im Vinkl haben wir unsere Betten wieder zusammengeflickt, Bettzeug haben wir nicht gebraucht, haben wir die Decken gehabt, die wir mitgebracht haben, so haben wir gewohnt!

Und ein paar Tag später, das war vielleicht zwei oder drei Tage später, wie wir da drin gewohnt haben, kommt eine SS-Abteilung voll ausgerüstet und die haben was zum Essen verlangt. Und damals hätten sie bald meinen Vater erschossen, weil er gar nix gehabt hat. Am ersten Tag haben uns die Nachbarn ein paar Erdäpfel gebracht und ich weiß nicht was noch, sodass wir was zum Essen gehabt haben. Und die wollten unbedingt haben, dass wir denen das geben, und dann haben sie sich doch entschlossen, weiterzugehen. Es kamen in diesen Tagen in der Eisenkappler Gegend tausende Soldaten über den Seeberg herein, von Jugoslawien heraufgeschwärmt oder von Bleiburg.

Wiedersehen mit der Mutter

Ich konnte mir nicht mehr vorstellen, wie meine Mutter ausschauen könnte. Ich hatte sie zweieinhalb Jahre nicht gesehen. Als sie gekommen ist, war sie auf einmal viel kleiner als ich.
Ich bin ja damals mehr oder weniger schon ein erwachsener Bub gewesen. Es hat mir keine Hose mehr gepasst. Meine erste Hose und den ersten Rock hat ein Schneider aus Eisenkappel aus einem Ustascha-Mantel gemacht. Wir wurden immer vom Field Security Service, von den englischen

1946 war Kärnten noch von den Briten besetzt. Mit diesem Ausweis begann das neue Leben von Maria Haderlap, die das KZ Ravensbrück überlebt hatte.

Besatzern, kontrolliert. Die haben wahrscheinlich Waffen gesucht, weil sie gedacht haben, wir sind Banditen. Alles, was nach Militär gerochen hat, haben sie vernichtet. Und bei uns im Hof unten bei der Haustür haben sie meinen Anzug, der aus dem Ustascha-Mantel neu gemacht worden ist, neu angemessen worden ist, verbrannt. Damals habe ich geweint. Ich hatte doch sonst nichts gehabt, meine alte Hose war viel zu klein.

Nachkriegszeit

Es war so verpönt. Du warst Bandit. Du hast für Jugoslawien gekämpft. Es hat fast kein Mensch erzählt! Ich habe von so vielen Partisanen, die ich gekannt hab, mit denen ich in der Einheit war, nach dem Krieg keinen einzigen Bericht gehört, wo wir waren, was wir erlebt haben und wie es uns gegangen ist. Diejenigen, die mich später angestellt haben, haben genau gewusst, dass ich ein Widerstandskämpfer bin. Ich habe nie das Gespür gehabt, dass ich dadurch einen Nachteil hatte. Es war bei uns in der Gegend so, wenn man bei der Herrschaft arbeitet und besonders als Angestellter, dann hat man ein gewisses Prestige. Dann waren wir im slowenischen Gesangsverein und ich habe auch musiziert, wir haben eine einfache Bauernkapelle gehabt. Der Zdravko und ich, wir haben keine besonders guten Instrumente gehabt. Wir haben C-Stimmung gehabt, eine sehr hohe Stimme, die wird heute gar nicht mehr gespielt, es war Klarinette, C-Klarinette, C-Flügelhorn, C-Posaune, ein Schlagzeug und eine Harmonika. Ich habe das meiste Geld beim Musizieren verdient. Und wenn wir musiziert haben, bei einer Hochzeit – damals nach dem Krieg sind alle acht oder 14 Tag zwei Hochzeiten irgendwo verkündet worden von der Pfarre. Wir haben verdient, wir fünf

Opferrente. 1950 erhielt Anton Haderlaps Mutter Anspruch auf eine bescheidene Opferrente.

118

Musikanten, das hätten wir nie geglaubt! Damals haben wir das Geld, das sie uns fürs Spielen bezahlt haben, zusammengezählt in der Früh: 250 Schilling pro Person! Das war viel Geld! Da hat man einen Monat, zwei Monate müssen arbeiten, und das ist jeden Tag, jede Woche so gegangen. Das war ein schönes Einkommen. Für dieses Einkommen habe ich dann mir eine Puch-Maschine gekauft, für die habe ich 12.142 Schilling bezahlt und habe eine 250er TF gehabt, was mein Wunschtraum war.

Zdravko, Maria, Michael und Anton Haderlap – noch Jahre nach dem Krieg von ihren Erlebnissen gezeichnet, aber anders als andere wieder vereint vor ihrem Hof.

Partisanenhochzeit

Meine Frau Vera und ich, wir haben uns beim Theaterspielen kennengelernt. Die Vera ist eine begabte, studierte, maturierte Frau in allen Belangen. Meine Mutter war sehr glücklich, weil so eine liebe, gut ausgebildete Frau hat es in ganz Eisenkappel nicht gegeben. Als wir geheiratet haben, hat die Kleine Zeitung „Partisanenhochzeit" geschrieben. Partisanenhochzeit. Weil Vera eine Tochter von Karl Prušnik ist. Er war der Widerstandskämpfer, der große Mann in Kärnten, und hat allgemein in der Gegend von Eisenkappel ganz besonders bei den Deutschnationalen keinen guten Ruf gehabt. Und bei mir genau dasselbe, ich als Partisan heirate eine Partisanentochter in Eisenkappel. 40 Geheimpolizisten haben unsere Hochzeit bewacht. Wir haben im Gasthaus vom Niederdorfer gefeiert, einem deutschnationalen Haus! Ein anderer Gastwirt wollte uns nicht nehmen. Die Eisenkappeler Deutschgesinnten, die sich gegen die slowenische Minderheit stellten, haben das E-Werk sabotiert, um uns auseinanderzutreiben, damit das Raufen anfangen kann. So haben sie sicher gedacht. Sie drehten in ganz Eisenkappel das Licht ab. Sie wollten uns aus den Eisenkappler Lokalen vertreiben und zuschlagen. Aber wir haben uns daran gehalten, dass kein Einziger die Braut stiehlt und so sind wir alle zusammen im Niederdorfer Gasthaus geblieben und haben unser Theater gehabt. Wir haben ja nur gewartet, dass jemand kommt. Unsere Einheit war so stark,

Die Partisanen-hochzeit von Vera und Anton Haderlap ist von Geheimpolizisten beobachtet worden.

dass kein Einziger irgendwo aus der Reihe getanzt ist. Und dann haben sie uns wieder Licht gegeben.

Es war etwas besonderes, unsere Hochzeit beim Niederdorfer. Denn die Mutter vom Wirt hatten die Partisanen verschleppt und sie ist nie mehr zurückgekommen. Und er hat trotzdem gesagt, er nimmt meine Hochzeit gern. Die anderen Wirtsleute wollten nicht, weil wir in ihren Augen Nationalslowenen waren oder Partisanen und die Tochter von einem Partisanenhäuptling und der Sohn von einem Partisanenhäuptling. Und der Niederdorfer sagt hinterher zu mir: „Von keiner Hochzeit habe ich so ein Geschäft gemacht. Und ich habe deine Hochzeit genommen, weil ihr immer bei uns das Ross eingestellt habt und immer die Suppe gegessen habt und immer Gäste wart. Die sich bei uns in Eisenkappel nicht zurechtfinden, das ist nicht mein Problem, sondern ihr Problem."

Und heute…

Ich bin so gebliebener Slowene, wie ich geboren bin. Ein Kärntner, der zweisprachig kommuniziert. Ich kann Deutsch nicht, ich kann Slowenisch nicht, aber ich bin da. Ich würde jedem Kärntner sagen, wenn er sich nicht seiner Muttersprache schämt, dann ist alles in Ordnung.

Anton Haderlap gab als Erster ein Interview für das Filmprojekt (Film-Still).

Mara Pradetto, roj. Prušnik
letnik 1932

*Še najzgodnejši spomini Mare Pradetto so pod znakom pos-
ledic za družino, ki jih je imelo očetovo politično delovanje.
Kot aktivni komunist in Slovenec je bil večkrat zaprt. Tudi
stari oče je bil aktiven v slovenskem kulturnem življenju. To
je bilo dovolj, da so ga kot državnega sovražnika deportirali. Mara Pradetto se je morala posloviti od starih staršev
in mlajšega brata. Odvlekli so jih v izseljenski logor. Nato
so hoteli aretirati še Marinega očeta, a je pobegnil. Namesto
njega so odvedli mamo, ko je ravno negovala partizana. Mara
Pradetto je preživela kot otrok vojne čase v neprestanem
strahu. Kot šolarki so ji grozili in jo šikanirali, saj je žandar
iz Železne Kaple iz »banditovega deteta« hotel zvleči, kje
se skriva oče. Bila je pač banditova hči. Vedno znova se je
morala seliti z materjo in sestrami. Na skrivaj so še naprej
govorile slovensko. Po vojni je oče družino, ki je zanj toliko
pretrpela, zapustil. Mara Pradetto je s sestro odšla v Jugoslavijo delat maturo.*

Mara Pradetto, geb. Prušnik

Jahrgang 1932

Banditenkind – Partisanentochter – oder?

1935 saß mein Vater vor der Tür und der Onkel rasierte ihm
den Bart. Da war ich drei, mein Vater war damals schon politisch tätig und war eingesperrt, und als er aus dem Gefängnis
entlassen wurde und nach Hause kam, ließ er sich rasieren.
Sehr prägend war dann das Jahr 1938, das war so um die
Osterzeit, dieses Zimmer wurde geweißigt und am Abend
saßen wir da und mein Vater sagte zu uns Kindern: „Ihr
werdet's jetzt aber Deutsch lernen müssen." Bis dahin sprachen wir nur Slowenisch.
Eines Tages kam eine Gruppe Soldaten zu uns in braunen
Hemden mit einer roten Schleife am Ärmel mit Hakenkreuz.

*Familie Prušnik vor
der Deportation
mit den Großeltern.*

125

Karel Prušnik mit seinen Töchtern Vera und Mara am Kartoffelfeuer.

Sie untersuchten das Haus und nahmen den Großvater mit in Haft. Nach zehn Tagen bellte der Hund so, dass wir wussten, jetzt kommt der Großvater. Das war ein Lichtblick für uns Kinder, wir liefen ihm entgegen. Aber dann kam die Aussiedlung meiner Großeltern.

Wir verabschiedeten uns in Klagenfurt. Zu der Zeit lebten wir nicht im Haus in Eisenkappel, sondern in Grafenstein, wo mein Vater eine Arbeit hatte. Der Abschied von unseren Großeltern und von meinem Bruder, das war sehr, sehr schlimm. Dann verlor mein Vater seine Arbeit und wir gingen zurück nach Eisenkappel. Wir durften hierher zu dem Anwesen und dann bewirtschafteten meine Mutter, mein Vater, meine Schwester und ich den Hof. Die Pächterin dieses Anwesens war die Schwester meines Vaters. Die Tante hatte bei der Deutschen Aussiedlungsgesellschaft ein Ansuchen gemacht, ob sie das pachten darf, also war sie die Pächterin, aber wir durften da sein.

Tägliche Aufgabe für uns Mädchen war das Milchtragen nach Eisenkappel, das war eine Selbstverständlichkeit. Es waren so viele Ängste. Wir mussten immer wieder bekannt geben, wenn der Hund gebellt hat, wer jetzt kommt. Wenn es Menschen aus Eisenkappel waren, die bei uns Milch holten oder Äpfel oder Honig, das war in Ordnung, und wenn Fremde kamen, mussten wir immer der Mutter oder dem

Vater berichten, da ist ein Fremder. Später erfuhr ich dann, was da los war. Damals hatte meine Mutter einen Partisanen gepflegt, der verwundet gekommen ist und bei uns Zuflucht gesucht hatte. Wir versteckten auch noch eine Frau, die Kauchau-Mitzi, die aus dem Lager in Frauenaurach geflohen ist, nach Eisenkappel kam und Zuflucht suchte.

Man hatte immer Angst, wenn einer kam, hoffentlich ist das nicht jemand, der herumspioniert. Und dann kam der 30. November 1942.

Verhaftung, Vertreibung, Prügel von den Schulkameraden

Es war ein kalter Tag, aber ohne Schnee. In den letzten Oktobertagen hatte mein Vater noch gepflügt. Und nachdem die Lehmerde gefroren war, waren die Ackerfurchen wie ein Stiegenaufgang oder -abgang. Ich musste in der Früh die Milch zur Kramer-Hilde nach Eisenkappel tragen. Was diesen Tag noch besonders machte, waren die Vorbereitungen zum Schnapsbrennen. Mein Vater machte das. Wir Kinder halfen, das Holz vorzubereiten, das war etwas ganz Wichtiges und auch anderes Geschirr musste man herrichten und vieles mehr.

Ich lief am Montag, den 30. November über diese gefrorene Ackerfurchen-Stiege Richtung Eisenkappel mit einer Kanne Milch und dachte, hoffentlich kommen heute nicht die Gendarmen und die Uniformierten zu uns. Vor zwei Wochen waren sie oben beim Tautschmann, also beim Nachbarn, das war mein Gedanke, mit dem ich in die Schule ging.

Dann kam die große Pause und wir Kinder gingen in den Hof. Da kam auf einmal die Cousine von meinem Vater und packt mich beim Arm und sagt zu mir: „Ti, tvoje mami so gnali čez pvac dolta" – Deine Mutter haben sie über den Platz hinunter getrieben – ah, das war alles.

Die Mutter. Ja, warum nicht den Vater? Das war mein Gedanke. Bis jetzt hatte man immer die Männer eingesperrt, die Männer wurden abgeholt. Zurück in der Klasse waren die Gedanken nur noch bei meiner Mutter. Dann kam der Direktor Treul in die Klasse, der war damals Schuldirektor und zugleich Ortsgruppenleiter, und sagte der Lehrerin etwas ins Ohr – und beide schauten auf mich. Ja, dachte ich mir, irgendetwas ist geschehen. Bis zum Schulende war ich voller Angst, was jetzt mit mir werden sollte. Die Mama nicht mehr da, die Großeltern nicht mehr da,

Die Familie Prušnik bei der Heumahd.

ich ... und dann war die Schule aus. Da sah ich meine Tante Franči. Sie sagte, ich müsste mit ihr mitgehen.

Die Obirstraße. Beim Grascher vorbei. In den Lobniggraben hinein und dann zu ihrem sehr bescheidenen Haus – eine sehr liebe Tante war das. Und dort gab sie mir eine Kartoffelsuppe und forderte mich auf, zu Hause Sachen zu holen, weil sie nichts zum Anziehen für mich hätte. Unterwegs fiel mir dann ein zu fragen, wo eigentlich mein Vater ist. Keiner wusste etwas. So gingen wir, aber nicht den normalen Weg entlang, sondern über die Pfade, die die Ziegen nehmen.

Und beim Piskernik-Stall bis zur Anhöhe beim Brunner da war ja noch keine Straße, das war nur ein Fuhrweg, aber dort war eine Sandgrube. Und da blieb die Tante stehen und sagte, ich muss jetzt allein nach Hause gehen. Sie wollte sich Erika holen zum Besenmachen: Es gab so viel Erika in diesem Jahr. Ich kam allein zum Haus und ich sah, das vorm

Haus ein Mann stand mit einem Schladminger an und einem Gewehr.
Wir waren ja in der Schule erzogen worden, du musst grüßen, also ich:
„Heil Hitler!" Ich rannte die Stiege rauf und hörte, dass Menschen im
Haus waren, ein lautes Gerede. Ich bin sofort in den ersten Stock in das
Zimmer, wo meine Eltern damals schliefen, nahm einen leeren Rucksack
und packte meine Sachen ein. Etwas zum Anziehen, Strümpfe und so
weiter, und ich schäme mich fast, aber von meinem Taufpaten hatte ich
zu Ostern einen Seidenstoff bekommen, der war für mich sehr wichtig,
den nahm ich auch mit. Ich packte den Rucksack und wollte wieder raus
und zur Tante, da stand der Orlitscher da und wollte mich quälen und
schikanieren. Er schmiss meine Sachen aus dem Rucksack und sah nach,
dass nichts Gefährliches drin war. Dann ließ er mich gehen. Im Haus
und rund ums Haus waren so viele Menschen, Gestalten, die ich nicht
einordnen konnte. Ich wusste immer noch nicht, ob mein Vater lebte.
Zurück bei Tante Franča, sagte sie, ich müsste doch woanders hingehen,
sie könnte mich nicht behalten. So ging ich dann zum Tautschmann, zu
meiner Großmutter mütterlicherseits.
Dort richtete man mir einen Strohsack und ein Bett in der Stube. Nach
zwei, drei Tagen ging ich von dort das erste Mal den sehr weiten Weg
hinunter in die Schule, da stürzten sich die Buben in der Klasse auf mich,
brüllten mich an, schlugen mich, ich versuchte zu flüchten, aber kam nur
bis zum Katheder, da machten sie gleich weiter und schrien: „Dein Vater
hat die Genossenschaft abgebrannt! Du Schwein!"
Die Lehrerin war aber sehr, sehr nett und befreite mich. Aber ich konnte
nach dieser Attacke nicht mehr in die Schule gehen.

Lebensmittelkarten

Wir hatten damals Punktekarten gehabt und es gab immer Sonderange-
bote, so würde man heute sagen. Das Weihnachtszeit-Sonderangebot
waren Süßigkeiten. Zuckerln. Ich bekam die Lebensmittelkarten von
meiner Mutter, meinem Vater, meiner Cousine, die damals da war. Meine
Cousine hatte man mit meiner Mutter eingesperrt in Eisenkappel.
Ich hatte diese Karten und ging in den Konsum. Der Herr Kochel war
dort der Geschäftsführer und ich bekam dann auf alle Karten diese
Zuckerln, und mit dieser großen Freude ging ich dann noch hinunter zur

Tante Malka, eine Großtante, die wohnte vis-à-vis vom Bahnhof. Schon unterwegs erwischte mich der Orlitsch, als ob er auf mich gewartet hätte. Wir rein zur Tante Malka, da war noch ein Gendarm, und dann hinein in die Küche, ich musste mich hinter den Tisch setzen. Zuerst der eine Polizist, dann ich und dann eben auch der Orlitsch. Tante Malka und Kati, ihre Tochter, mussten das Zimmer verlassen.

Auf der Kredenz stand ein Behälter mit Butterschmalz, das Butterschmalz hatte ich vorher vom Wölfl holen müssen und zur Tante Malka getragen. Da fing der Orlitsch an zu fragen: „Hast du das gebracht? Weißt du, dass das nicht dir gehört? Und mit dem Vater hast du auch geredet?" So erfuhr ich, dass mein Vater noch lebte, bis zu dieser Frage wusste ich es nicht! Dann insistierte Orlitsch weiter: „Du hast den Vater beim Tautschmann gesehen! Du Lügnerin! Das Butterschmalz stehlen und dann noch lügen auch, gell!" Da nahm er die Pistole und sagte: „Weißt du was, solche Kinder, die lügen und stehlen, die kann man ja gleich erschießen!"

Ich konnte nicht mehr sprechen. Aber dann dachte ich, selbst wenn ich wüsste, wo mein Vater ist, ich würde ihn nicht verraten! Das war dann so ein Zorn, der in mir als Kind aufkam. Und Tante Malka und die Kati, weinten laut draußen vor der Tür. Ich auch.

Danach war ich so fertig, dass ich dort blieb und erst am nächsten Tag zum Tautschmann ging.

Der Wald als Fluchtpunkt

Im Wald hatte ich keine Angst, nur auf der Straße hatte ich Angst, da wo Menschen waren. Im Wald habe ich mich eigentlich immer gut ausgekannt. Ich wusste, wohin man flüchten kann, wenn jemand kommt, das hörte man von Weitem und es waren ja Sträucher genug zum Verstecken! Meine Mutter hatte man damals hochschwanger ins Gestapo-Gefängnis nach Klagenfurt gebracht.

Wir hatten dann aber doch das Glück, dass die Tante Resi, eine Schwester meines Vaters, in Klagenfurt lebte, und so immer wieder auf die Gestapo ging und um die Freilassung meiner Mutter bat. Und meine Mutter, das muss ich ihr wirklich hoch anrechnen, schwieg die ganze Haft über. Sie hat nur geschwiegen. Sie musste jeden Tag zum Verhör,

*Im Wald fühlte sich
Mara Pradetto als
Kind sicherer als
auf der Straße
(Film-Still).*

das hat sie mir dann später erzählt, und sie hat geschwiegen.
Man wollte von ihr alles wissen, wer gekommen war, um
etwas zu holen, welche Fremden da waren. Hatten sie neue
Anhaltspunkte, gab es wieder ein Verhör: „Frau Prušnik, jetzt
wissen wir, dass jemand bei euch war!" Die Mutter erzählte
mir später, was sie für Herzklopfen hatte in diesen Momen-
ten.
Meine Mutter kam dann in die Gebäranstalt in Klagenfurt
und gebar die Salika. Aber sie musste unterschreiben, dass
sie das Bandengebiet, also ganz Unterkärnten, nicht betreten
dürfe, sonst käme sie ins Lager! Tante Resi nahm sie auf und
so wohnte meine Mutter mit Salika nun in Klagenfurt.
Ich wollte meine Mutter und meine kleine Schwester besu-
chen und durfte nach Klagenfurt fahren mit der kleinen
Schmalspurbahn. Ich löste eine Rückfahrkarte. Das war billiger, ich weiß noch, wer der Schaffner war, der mir die Karte
gab. Das war an einem Samstag, und am Sonntag fuhr ich
dann wieder zurück, und als ich wieder in den kleinen Zug
einstieg, kam der Schaffner, derselbe Schaffner, nahm meine

Karte und fing an zu schreien, dass ich ihn betrüge. Die Karte war falsch abgezwickt und das hatte er selber gemacht.

Ich war eine Banditentochter! Wölfel-Karel, mein Vater, der war damals schon ein polizeilich Gesuchter und er war verschwunden! In Eisenkappel musste ich eine neue Karte kaufen, ich hatte aber kein Geld mehr und weinte vor Verzweiflung. Das sah die Truschner-Dora, das war eine Frau, die immer die Post mit dem Eselskarren von der Bahn holte. Die ging zum Schaffner hinein und löste eine Karte für mich. Bis heute bin ich ihr dankbar dafür.

Die Tanten kümmern sich

Meine Mutter hatte Kontakt zur Tante Tina beim Tautschmann und die wusste, dass der Orlitsch was vorhatte. Jemand sagte ihr, sie solle veranlassen, dass ich wegkomme von Eisenkappel, denn ansonsten müssten sie mich in ein Lager schicken. Tante Resi kam dann aus Klagenfurt, ging zur Polizei in Eisenkappel und durfte mich dann mitnehmen, so dass ich nicht ins Lager musste.

Beim Umsiedeln half mir meine Schwester Vera, die von Klagenfurt extra kam.

In meinen kleinen Koffer gab mir die Großmutter einen Sack Mehl hinein. Ich hatte also meine Schultasche und einen kleinen Koffer mit meinem Gewand, dem Mehl und einem Brot, das hatte meine Großmutter für uns gebacken und meine Sachen drüber gelegt. In Klagenfurt gab es ja nicht viel zu essen. Da kam der Ortsgruppenleiter Treul. Ich hatte damals schon so einen Respekt und Angst vor allen diesen Menschen, und nun hatte ich diesen Koffer mit Mehl, das war ja damals strengstens verboten! Der Feind hört mit, der Kohlenklau geht herum – das waren so Sprüche, die wir jeden Tag in der Schule übten, und es war verboten, Lebensmittel zu transportieren. Das war strengstens verboten. Ich war damals zehn Jahre alt. Da nahm man diese Sachen sehr ernst.

Dann wurde ich kontrolliert. Die Schultasche. Ich war keine gute Schülerin. Der nahm jedes Heft heraus und ich genierte mich, und dachte, er wird doch wohl nicht hineinschauen. Jedes einzelne Heft, die ganze Schultasche wurde untersucht, aber sie fanden nichts.

Die Engländer greifen Klagenfurt an

Man schickte mich trotz aller Ängste immer wieder nach
Eisenkappel zum Tautschmann, um Schmalz oder anderes
zum Essen zu holen in solchen Mengen, dass es nicht aufgefallen ist. Einmal am 16. Jänner stand ich oben mit den Großeltern, da hörten wir so ein Dröhnen und da wussten wir,
das ist ein Angriff auf Klagenfurt. Ich kam zurück mit dem
Zug nach Klagenfurt, aber nur bis zur Ebenthaler Straße.
Der Bahnhof war bombardiert, wir konnten nicht reinfahren
und ich kann mich noch erinnern, der ganze Zug war voller
Menschen und wir marschierten dann die Bahnstraße hinunter. Wir hatten alle Angst, dass den Unseren was passiert sein
könnte, es rauchte überall. Eine Schulkameradin und ich, wir
hielten uns zusammen und versprachen, uns zu helfen, wenn
was bombardiert und kaputt wäre. Und der Brunner-Micha,
vom Nachbarn der Sohn, war in Uniform und sagte, wenn
ihr kein Heim mehr habt, wenn die Bomben bei euch gefallen
sind, dann werde ich sorgen, dass ihr weiterkommt.

*Mara Prušniks
Mutter, Tante und
alle Kinder fanden
Zuflucht auf dem
Zammelsberg.*

Das Haus war zwar beschädigt, dort standen schon die Särge, wo die Toten drinnen lagen, aber das Haus stand noch. Dann mussten alle Mütter mit Kindern Klagenfurt verlassen. Aber wohin? Nach Eisenkappel ins Bandengebiet durften wir nicht mit der Mutter. Ein Freund von Onkel Vinko, der Matthäus Nagele, war in Eisenkappel Kaplan bis zur Strafversetzung. Die slowenischen Pfarrer durften ja nicht mehr predigen. Auf dessen Pfarrhof am Zammelsberg wurden wir dann aufgenommen.

Am Zammelsberg mussten wir verdunkeln, sangen und beteten unter Decken, dass ja niemand hörte, wenn wir slowenisch sprachen, niemand durfte wissen, dass wir Slowenen sind. Und so haben wir überlebt! Meine Mutter und die Tante, zwei großartige Frauen waren das, es gab ja viel zu wenig Essen. Davon spricht man ja nicht, man spricht nur von den Heldentaten der Männer. Dass aber Frauen auch Heldinnen waren, die uns durchgebracht haben, da waren vier Kinder von der Tante Resi und wir, davon redete man nicht.

Mara Prušniks Mutter mit den drei Töchtern, die Kleider hatte die Großmutter in Großaurach genäht.

Kriegsende

Das Kriegsende war wiederum schlimm. Mein Vater hatte sich eine andere Frau gesucht und meine Mutter traf ihn in Klagenfurt. Er sagte zu ihr: „Du bist nicht mehr meine Frau, du bist nur noch die Mutter meiner Kinder." Die hatten aber vier Kinder damals!

Kriege sind immer für Menschen etwas ganz, ganz Fürchterliches. Beim Wölfel waren noch die Braschniks, das war eine große Familie mit 12 Kindern, die waren auch nicht so freiwillig aus dem Kanaltal gekommen. Was vorher von meinen Eltern und Großeltern erarbeitet worden war, das haben sie genossen. Auch andere trugen Sachen weg vom Wölfel. Ich habe diese Menschen nie verurteilt. Die hatten sich auch ein schöneres Leben gewünscht.

Wir warteten in einer Wohnung, was nun aus uns werden würde. Dann kam mein Vater und hat meiner Schwester und mir einen Schulplatz in Ljubljana besorgt. Wir gingen dann von Augsdorf über St. Egyden zu Fuß, über die Drau fuhren wir mit dem Boot. Damals war das die Zone A und die Zone B und wir hatten keinen Ausweis. Weiter ging es zu Fuß bis zum Karawankentunnel nach Jesenice und weiter nach Ljubljana. Dort kamen wir in ein Schulheim, wo ich sieben Jahre lang lebte. Nach der Matura kamen meine Schwester und ich dann wieder zurück nach Kärnten. Ich suchte mir eine Arbeit und eröffnete mit meiner Mutter in Klagenfurt ein Gasthaus.

Mara Prušnik und ihre Mitschülerinnen feierten ihre Matura.

ADOLF WELZ
letnik 1933

Adolf Welz je bil rojen leta 1933 in dobil ime po očetovem
velikem vzorniku. Josef Welz, napol Dunajčan in napol
Berlinčan, se je že kmalu pridružil nacističnemu gibanju in
je prav tako kot soproga nosil zlato strankarsko značko.
Vse to je bilo za mladega Adolfa čisto normalno. Odraščal
je na sodobno opremljeni kmetiji in po ljudski šoli obisko-
val Napolo, nacionalno politično vzgojno ustanovo. Šolska
uniforma mu je ugajala in pomembnega se je počutil, ko je
iz dijaškega doma marširal v šolo. Adolf Welz je pri enajstih
letih doživel napad partizanov na kmetijo staršev, ki so očeta,
ki je imel visok položaj v Berlinu, hoteli ustreliti, potem pa
vendarle samo pobrali orožje in denar. Konec vojne je razbil
visokoleteče nacionalsocialistične sanje: očeta Josefa Welza
so obsodili na dve leti zapora, mater na eno. Sinovoma se je
sesedel svet. Kmalu pa je družina prišla spet k sebi: kmetijo
na Peci so znova kupili. Adolf Welz je maturiral in pričel
delati v tovarni celuloze.

Adolf Welz

Jahrgang 1933, heute Umweltpionier in Eisenkappel-Vellach

Wenn es normal ist, Nazis als Eltern zu haben

Juli-Putsch

Ich bin am 8. Oktober 1933 in Eisenkappel im Forsthaus Korion geboren. Mein Vater, der Wiener war, hatte eine Försterstelle angenommen beim Graf Thurn in Eisenkappel. 1934 verlor er die Stelle wieder, weil er Nationalsozialist war. Nach dem Juli-Putsch, das war die sogenannte Systemzeit, war von heute auf morgen die Nationalsozialistische Partei verboten. Mein Vater war bei dem Putsch im Lavanttal führend dabei. Er half mit, die notwendigen Strukturen aufzubauen in St. Andrä und in Wolfsberg und in Lavamünd.

Familie Welz in glücklichen Tagen vor dem Petzenhof.

Er sah das so: In Deutschland ließ Hitler schon die Autobahnen bauen und hatte bereits die Bauern entschuldet und die Industrie aufgebaut. Da wo Hitler am Werk war, ging es bergauf. Ich denke mir heute, dass mein Vater vermutet hat, dass es auch in Österreich so sein würde, wenn die NSDAP an die Macht käme. Aber ich weiß nicht, wie er wirklich dachte. Alle, die liebäugelten mit dem Nationalsozialismus, wirkten beim Putsch 1934 mit. Mein Vater war schon in der Führerschaft. Er hatte am Hauptplatz angeblich Brandreden gehalten gegen die politisch Anders-denkenden. Warum er so war, das habe ich nie verstanden, er hatte schon vier Kinder und als Förster einen tollen Job im Korion-Forsthaus, und es war eigentlich absehbar, dass der Graf Georg, sein Arbeitgeber, da nicht ewig zuschauen würde. Aber dann ist die Partei verboten wor-den, dann war es eh aus.

Dann übernahmen die Heimatschützer das Kommando in Österreich in der sogenannten Schuschnigg-Zeit. Wenn mein Vater nicht geflüchtet wäre, dann hätten sie ihn wahrscheinlich eingesperrt. In Jugoslawien gab es ein Auffanglager und 2500 ähnlich gesinnte Leute sind dort wie wir gelandet. Im Dezember 1934 fuhren wir über Susak und Gibraltar nach Bremen.

Zurück in Kärnten

1939 kaufte mein Vater einen Bauernhof mit Mühle, E-Werk, Sägewerk usw. Durch den Aufenthalt meines Vaters in Deutschland zwischen 34 und 39 hatte er die ganze Deutsche-Reich-Landwirtschaftstechnologie in dieses kleine Dorf gebracht: Eine Ködel&Böhm-Dreschmaschine, einen Kultivator, den Lanz Bulldog oder das deutsche Landedelschwein und die Montafoner Kühe, Herdenbuchkühe, da ist draufgestanden „Milch – Fettgehalt in der Milch“. Dabei sind bei uns die Kartoffeln noch auf ganz primitive Art geerntet worden! Aber wir hatten schon einen Kartof-felroder. Der Vater machte viel für die Nachbarn, das waren Keuschler, die nur kleine Gründe hatten, und wenn es ans Kartoffelernten ging, dann hatte mein Vater seine Leute beim Nachbarn mithelfen lassen. Ganz gleich, ob es bei der Getreideernte war, oder mit dem Mähbinder. Ich war damals übrigens das einzige Kind in der Schule, das Deutsch konnte. Die anderen Kinder sprachen Windisch, lernten aber schnell

auch Deutsch. Mein Vater war Wiener, mein Großvater
Berliner, die Mutter Oberösterreicherin, eben ein deutsches
Elternhaus. Adolf zu heißen, das war in der Zeit überhaupt
kein Problem. Mein Vater hatte gesagt, sollten wir gefragt
werden, was mein Vater ist, dann sollten wir nicht sagen,

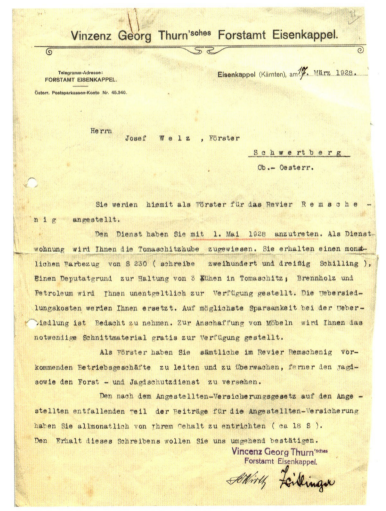

Arbeitsvertrag:
Vincenz Georg von
Thurn stellt Josef
Welz als Förster ein.

dass er Referent des Kärntner Bauernwaldes im Reichsforstverband in Berlin ist oder Standartenführer oder irgendwas – dann müssten wir sagen, die Mutter ist Bäuerin und der Vater ist Bauer. Auf diese Aussage legte er Wert. Wir hatten zu Hause so ein schönes großes Bild, da stand drauf: „Im Bauerntum liegt die unversiegliche Quelle unserer Kraft."

Die Nationalpolitische Erziehungsanstalt

Nach der Volksschule bin ich dann in St. Paul ins Gymnasium gegangen in die sogenannte Napola, das war die nationalsozialistische Erziehungsanstalt. Wir hatten eine doppelreihige braune Uniform, eine schöne Uniform eigentlich, mit Achselklappen, wo drauf stand „NPEA": Wir hatten Brotbeutel, Feldspaten und Flasche, Waffen natürlich keine, Elfjährigen gab man keine Waffe in die Hand. Wir kamen uns toll vor. Vom Schülerheim sind wir marschiert ins Gymnasium , das waren vielleicht 500 m, nicht einfach so spaziert. Die, die in Zivil waren, die Schüler, die beachteten wir überhaupt nicht. Die waren ja für uns nicht sehr wertvoll. Wir waren kleine Soldaten und bildeten uns lustigerweise oder blöderweise was ein, weil wir in Uniform waren. Die Lehrer hießen die Zugführer. Und die Klasse hieß auch nicht Klasse, sondern Zug. Erster Zug, zweiter Zug, dritter Zug, vierter Zug. Das war die erste Hundertschaft und 5., 6., 7. und 8. – das war die zweite Hundertschaft. So war die Napola aufgebaut und strukturiert. Aber es war unangenehm, weil fast keine Nacht verging ohne Fliegeralarm. Dann musste man die Decke erwischen und mit Schlafanzug und Trainingsanzug in den Keller. Aber ich war ein kleiner Held in dieser Napola, weil ich diesen Partisanenüberfall überlebt hatte und da wurde ich immer aufgefordert zu erzählen.

Beide Eltern hatten das goldene Parteiabzeichen, das die ersten 100.000 Mitglieder der NSDAP auszeichnete.

Es gab wahrscheinlich in der Familie über die nationalpolitische Erziehung keine Diskussion. Die Ideologie, die hat man so mitgenommen. Mein Vater hatte eine hohe Stellung beim Reichsforstamt in Berlin – er vertrat die Kärntner Bauernschaft im Reichsforstverband in Berlin, er

war Referent des Kärntner Bauernwaldes bis 1944 und meine Mutter war Frauenschaftsführerin.

Es waren Stiel-Handgranaten im Haus und die verwendete er dazu, kleine Waldflächen zu roden. Wir gruben um die Wurzelstöcke ein Loch. Mein Vater wollte uns, die Jungmän-ner, mutig erziehen, und dann hat er die Stiel-Handgranaten aufgemacht, angezogen, in das Loch getan, und dann rannten wir fünfzehn Meter weit weg. Die Wurzelstöcke sind in die Luft geflogen und als Wurzelstücke in Teilen wieder herunter-gefallen. Es waren schon spannende Zeiten. Für das politi-sche, das ideologische Thema waren wir noch zu jung. Wir spielten auf dem schönen Hof mit der Säge, E-Werk, mit dem Traktor, mit den Tieren, an der Mühle – wir spielten bis zur Vergasung.

Das Deutschtum an der Grenze festigen

Mein Vater bewirkte durch seine hohe Stellung in der Partei, dass viele der Nachbarn von der Aussiedlung ausgenommen

143

wurden. Er hat sie einfach von der Liste gestrichen. Mein Vater hat erklärt, das Deutschtum an der Grenze festigen – ja, aber nicht auf diese Weise. Daraufhin sperrte ihn die SS in Hausarrest ein, kappte die Telefonleitungen, bis meine Mutter anderweitig den Kontakt zum Reichsforstamt in Berlin aufgenommen hat, damit die Berliner erfahren, dass er seinen Dienst in Berlin nicht rechtzeitig antreten konnte, weil er festgehalten wurde.

Ein Todesurteil wird nicht vollstreckt

Den Unterschied zwischen Partisanen und Banditen hatte ich damals nicht gekannt. Im Sprachgebrauch waren das die Banditen und nicht die Partisanen. Partisan, Freiheitskämpfer – Bandit, Räuber oder irgendwas.

Die soziale Einstellung von meinem Vater führte wahrscheinlich dazu, dass 1944 bei einem Partisanenüberfall auf unserem Hof ihm selbst nichts passierte. Da war ein Eisenkappler beteiligt als zweiter Kommissar, ein ganz junger Bursche und der Pecnik. Sie hatten den Auftrag, meinen Vater zu erschießen um zwölf Uhr. Später erzählte mir mein Vater, dass er vom Pecnik den Auftrag bekommen hatte, ein schweres Maschinengewehr, das der Vater in St. Michael beim Gendarmerieposten deponiert hatte, zum Petzenkönig hinaufzubringen. Das machte er aber nicht, weil ihn dort die Partisanen nicht gekannt hätten. Und so erinnere ich mich an den Überfall:

Wir waren mit der Mutter im Wohnzimmer und ein Partisan stand in der Tür und hat verhindert, dass wir irgendwohin flüchten konnten. Daran war aber nicht zu denken, weil meine jüngste Schwester Gerlinde in einem Kinderwagen lag. Mein Vater, der Wahnsinnige, muss man in diesem Zusammenhang sagen, hatte unter den Matratzen von Gerlinde zehn oder zwölf Stiel-Handgranaten versteckt, er dachte, dort wird sie niemand suchen.

Natürlich war im Wohnzimmer auch ein Hitlerbild. Der Partisan zerbrach mit dem Bajonett die Scheiben und stach auf die Augen von Hitler ein. Da fielen die Scheiben klirrend herunter und wir dachten – jetzt wird die Gerlinde aufwachen. Ist sie aber zum Glück nicht. Die Handgranaten blieben unentdeckt. Verrückte Zeit. Wir hatten neben unserem Bauernhof ein Lager gehabt, das sogenannte Franzosenlager. Da waren 20 Franzosen und ein paar Russen interniert. Beim Partisanenüberfall suchten die Partisanen dieses Lager auf und haben die Kriegsgefangenen freigelassen. Aber da ist

Nach dem Partisanenüberfall in der Nacht vom 13. auf den 14. Mai 1944 erstellte Josef Welz eine Liste der Schäden und entwendeten Gegenstände, um Schadensersatz zu erhalten.

kein Einziger mitgegangen. Da war der Marcel und der Barbin, einer war Traktorführer, einer hat die Pferde gehabt, und der Marcel hatte die Kühe. Die hatten einen Feierabend, am Sonntag Fußball gespielt, hatten genauso viel Brot wie wir selber. Mein Vater diskutierte mit denen bei der Feldarbeit, in der Zeit haben sie nicht arbeiten müssen. Er konnte ein bisschen Französisch. Am Ende gaben sie dem Vater noch eine Bestätigung, dass sie toll behandelt worden waren.

Aus Nazi-Führungskräften werden Häftlinge. Die Kinder leiden

Dann beschossen englische Tiefflieger die Schule mit sogenannten Lightnings, das waren doppelrumpfige Flugzeuge. Die Schulleitung schickte uns Mitte Dezember 1944 nach Hause mit der Bemerkung, man werde uns verständigen, wenn es im Jänner vielleicht weiterginge, aber daraus wurde nichts, denn das nächste Jahr war 45 und am 8. Mai war bekannterweise der Krieg dann aus.

Die Aktivitäten meines Vaters, das goldene Parteiabzeichen und diese Dinge, führten dazu, dass unser Vater festgenommen wurde. Das war für uns Kinder schon schlimm. Es hat ein Auffanglager gegeben in Wolfsberg, das wurde zum Kriegsgefangenenlager, und dort hat man selektioniert – dort die gewöhnlichen Parteigenossen, die wahrscheinlich bald nach Hause gehen durften – und die anderen mussten ein Verfahren über sich ergehen lassen. Mein Vater ist verurteilt worden zu zwei Jahren Haft und Verbot der Berufsausübung sowie Vermögensverfall. Der große schöne Betrieb fiel dann der Republik zu.

Meine Mutter hat bei den damaligen Parteien interveniert, damit mein ältester Bruder die Möglichkeit erhielt, den Betrieb zurückzukaufen. Das war eine ganz schlimme Zeit, weil meine Mutter dann auch ein Jahr Haft bekam und in Gurk eingesperrt war. Weil auch sie schon so früh bei der NSDAP war, diese in der Illegalität unterstützte, auch das goldene Parteienabzeichen hatte und Frauenschaftsführerin war. Ein Eisenkappler hatte eine Sachverhaltsdarstellung abgegeben, in der stand, dass meine Mutter 1934 die Waffen der Nationalsozialisten draußen beim Mosgan unter einer Kapelle versteckt hat.

Meiner Meinung nach hatte meine Mutter, die damals schon vier Kinder hatte, andere Sorgen, als die Waffen der Nazis in einer Kapelle zu

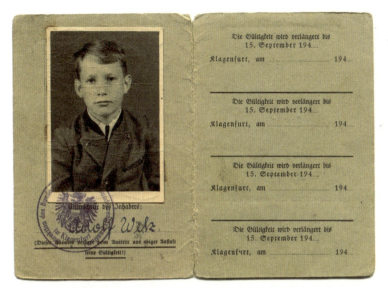

Nach dem Krieg ging Adolf Welz zunächst in Klagenfurt zur Schule.

verstecken. Aber weil 1945 der Verlierer nichts gegolten hat, wurde die Mutter eingesperrt, das war eine ganz schlimme Zeit für mich persönlich. Meine Mutter hatte gesagt, ich solle ins Klagenfurter Landesgericht kommen und wir würden dann nach Hause fahren – in Wirklichkeit ist sie aber abgeführt worden und kam nach Gurk. Das war schon Dramatik pur. Mein Vater ist erst 1949 entlassen worden.

Ich hatte damals eine Mordswut auf die Leute, die meine Eltern eingesperrt hatten. Ich bin dann zwei Jahre ins Marianum, das Gymnasium in Klagenfurt, gegangen, bis ich dann nach Steyr in Oberösterreich zu meiner Tante kam, wo ich die letzten Gymnasialjahre verbrachte. Das war insofern für mich keine leichte Zeit, weil wir dort immer zu wenig zu essen bekamen.

Aufstieg, Fall, Wiedereingliederung – Tabuthemen

Wir redeten praktisch nicht mehr darüber. Es tat den Eltern leid, dass wir erbteilmäßig nichts mehr gehabt hatten. Wir hatten natürlich als Kinder und Jugendliche über solche Dinge gar nicht nachgedacht.

Die NS-Vergangenheit war dann weder bei der Mutter noch beim Vater mehr Thema. Es war ihnen wahrscheinlich peinlich, dass es so gelaufen ist. Denn zu den Verlierern zu gehören, das war nicht so lustig. Und dann waren noch zwei Pferde vergiftet worden, von wem, das wissen wir noch heute nicht – aber das war eine schlimme Zeit: Der Verlierer ist gar nichts und der Sieger ist alles. Und das spürten wir Kinder natürlich. Meine jüngeren Geschwister, die zur Schule nach St. Michael gingen oder nach Bleiburg, die mussten oft über Umwegen dahin gehen, damit die erwachsenen Trottel nicht haben Hand anlegen können. Aber das versuchten auch nur die extremen Leute. Die meisten hielten zum Vater und auch zur Mutter.

Ich kann mir absolut nicht vorstellen, dass mein Vater danach noch überzeugter Nazi war. Man sah dann die Bilder von Dachau und den anderen Konzentrationslagern. Als dann mein ältester Bruder eine Künstlerin kennenlernte, sagte sie, er würde mit ihr erst auf den Hof zurückkehren, wenn meine Eltern den Hof verließen. Mein Vater ging dann weg und wurde Forstmeister bei der batthyányschen Forstverwaltung mit 2000 Hektar. Da erlebten wir noch ein paar schöne Feldjagden mit den Herrschaften von Batthyány– und die Frau Batthyány war eine geborene Thyssen aus der deutschen Industriellenfamilie.

Fleiß und Engagement

1951 begann ich in der Zellstoffabrik Rechberg zu arbeiten. Das war die Zeit, wo man von zu Hause weg wollte. Die Freunde verdienten schon Geld als Elektrolehrling oder Mechaniker und in der kurzen Zeit, wo ich zu Hause auf dem Hof mitgeholfen hatte, habe ich natürlich kein Geld gekriegt. Aber durch den Eintritt in die Zellstoffabrik konnte man sich auf einmal eine Uhr leisten. Und dann kaufte ich mir ein kleines Radio und hörte RIAS Berlin bis um ein, zwei Uhr in der Nacht, das war super! Ich kaufte ein Fahrrad um 800 Schilling, das war ungefähr der Monatslohn 1951. Das Arbeiten machte mir sehr viel Spaß. Dann meinte der Forstmeister Wagendorfer zu mir, wenn ich mehr verdienen wolle, könne ich ab fünf Uhr in der Früh bis zum Bürobeginn acht Uhr am Holzplatz unten die Holzmaßscheine ausrechnen. Ich habe dann 2500 Schilling verdient! Das war ein Wahnsinnsgehalt! Mit dem Geld tauchte ich als Onkel von Amerika in Feistritz bei meinen Geschwistern auf und sagte, na, wer wünscht sich was – ein paar Ski, ein Rad, ein irgendwas? Ich schmiss dort mit dem Geld herum, das war eine Mordsgaudi.

1955 heiratete ich mit 22 Jahren. Ich war weiter in der Zellstoffabrik, spielte Fußball, machte Musik bei der Werkskapelle. Vielleicht ist meine Familie da ein bisschen zu kurz gekommen. Aber ich versuchte, das richtig und gut zu machen. Ich glaube nicht, dass die Kinder gelitten haben.

Adolf Welz war lange aktiver und begeisterter Fußballer in seinem Eisenkappler Verein.

Vladimir Prušnik

letnik 1935

Vladimir Prušnik je bil edini sin iz prvega zakona Karla Prušnika in je odraščal pri starih starših na kmetiji Wölfl. Tu je tudi pozno zvečer zmerom gorela luč, saj so veliko brali in šivali. Najvažnejša razen slovenskega jezika in kulture pa je bila glasba: igrali so na gosli in na harmoniko ter prepevali v zboru. Ko je imel Vladimir sedem let, je izgubil domovino in bil skupaj s starimi starši deportiran v Nemčijo. Družina je inštrumente vzela s seboj, tako da se je Vladimir v logorju naučil igrati na harmoniko. Veliko je vadil, namesto da bi se igral z vrstniki in doživljal bombardiranja, letalske alarme in ameriško osvoboditev. Ko so se vrnili na Koroško, so si stari starši pridobili razlaščeno kmetijo Wölfl nazaj. Vladimir, ki mu je z vojne uspelo prinesti domov nepoškodovano harmoniko, pa je spoznal, da je veliko ljudi iz vasi njegovemu očetu pripisovalo krivdo za marsikateri medvojni zločin. Desetletnega fanta je to bolelo in glasba je postala zanj življenjski spremljevalec, ki se je nanj mogel zanesti. Postal je učitelj glasbe in bil kasneje ravnatelj glasbene šole.

VLADIMIR PRUŠNIK
Jahrgang 1935

IM KRIEG HERRSCHEN ANDERE GESETZE.
UND NACHHER AUCH. ANSCHEINEND.

Als Kind vertrieben

Ich wuchs bis zum 7. Lebensjahr auf dem Wölfel bei meinen
Großeltern auf. Mein Großvater war ein sehr aktiver Slowene. Er hatte in Räumlichkeiten beim Gasthaus Koller die
erste Zadruga, die erste Genossenschaft, eingerichtet und
hatte dort Getreide und Zucker für die Bienen usw. verkauft.
Diese Sachen führte damals die Zadruga und ihr Urspung
war beim Koller. Erst später wurde unten die Zadruga
gebaut. Und auch die Postilica, unsere slowenische Bank, war
ursprünglich beim Koller, da hat sie angefangen. Als kleiner

Die Prušnik-Kinder
am Wölfl-Hof.

Der Großvater

Bub half ich immer, was ich halt schon so konnte. Ich bekam zum Beispiel eine Sense, die schon in meiner Größe war, mit dieser Sense mähte ich sehr gern. Ich habe der Großmutter und dem Großvater geholfen, wo es nur ging. Damals bei der Aussiedlung, das war im April, wurden dort unten die Obstbäume geputzt, und ich war dabei. Die Gegend heißt bei uns Sibirien. Am Abend gingen wir mit der Großmutter nach Hause. Sie hatte einen Hackstock zum Hacken. Das war so ein Stück Holz, circa 30 Zentimeter Umfang und daran war so eine Konstruktion, mit der die Äste vom Obstbaumschnitt klein gehackt wurden, um daraus Buschen zu machen. Mit Buschen heizte man den Backofen ein oder den Dörrofen. Und als wir an diesem Abend auf das Hause zugingen, da schrie auf einmal der Großonkel Jezerny: „Kommt doch schnell nach Haus!" Aber die Großmutter trug diesen schweren Hackstock und konnte damit nicht schnell gehen. Da rief er, sie solle diesen Stock hinwerfen und schnell kommen.

Mit dem Zug ging es nach Deutschland in eine ungewisse Zukunft. Vladmimir Prušnik mit den Großeltern im Lager Frauenaurach.

154

Wir fragten uns was, da bloß los sei.
Und da hat er erzählt, dass er in Eisenkappel erfahren hat, dass wir auch
auf der Liste seien. In der Volksschule
durfte ich also nur bis zum April 1942
bleiben, denn am 14. April 42 wurden
wir vertrieben, zwangsausgesiedelt als
volks- und staatsfeindliche Bürger, weil
wir Slowenen waren. Es steht in den
Dokumenten, dass wir als volks- und
staatsfeindlich angesehen wurden, vor
allem der Großvater.

Unsere erste Station war Klagenfurt.
In Ebenthal übernachteten wir einmal
und dann ging es mit dem Zug nach
Deutschland in eine ungewisse Zukunft.
Da waren wir zuerst im Lager Frauenaurach untergebracht bis September
1944. Von dort ging es nach Eichstätt
in zwei verschiedene Lager und dort erlebten wir dann die
Befreiung von den Amerikanern. Das war am 25. April 1945.
Auf der einen Seite waren schon die Amerikaner und auf der
anderen Seite waren noch die Deutschen, die sich noch wehr-
ten. In der Früh ist es dann ruhig geworden und um neun,
zehn Uhr sahen wir die ersten Amerikaner. Das war unsere
Erlösung.

Nach dem Krieg konnten wir nicht sofort nach Hause. Vieles
war zerbombt und zerstört. Und die Enteignung 1943 ging
viel schneller als die Rückgabe von unserem Eigentum.
Damals bekam ich meine ersten Süßigkeiten, als wir in Bam-
berg im Sammellager waren.

Die Amerikaner hatten eine Offiziersmesse und suchten nach
einer Band. Sie fanden niemanden. Schließlich spielten mein
Großvater und ich dort. Der Großvater mit der Geige und ich
mit der Harmonika, bis Mitternacht! Ich bekam volle Säcke

Franz Prušnik vlg. Wölfl wird am 15. Juni 1942 zum Volks- und Staatsfeind erklärt.

mit Süßigkeiten. Man kann sich vorstellen, wie ich schlafen ging. Großvater spielte für die Amerikaner noch weiter bis in die frühen Morgenstunden allein mit der steirischen Harmonika.

Musik im Lager

Ich hatte mein kleines Akkordeon und der Großvater hatte seine steirische Harmonika, diese zwei Instrumente, die waren unsere Begleiter bei jedem Bombenangriff, bei jedem Alarm, wenn wir in den Luftschutzkeller mussten, sind die Instrumente mitgegangen. Hunderte Male, manchmal zwei, drei Mal in einer Nacht. Ich hatte dort die Möglichkeit, dass ich Harmonika lernen durfte mit einem Erlaubnisschein vom Lagerführer. Da besuchte ich in Erlangen den Harmonikaunterricht und lernte soweit Harmonika, dass ich einen Marsch, den mein Großonkel Jezerny für mich komponiert hat und den er „Lager von Aurach Marsch" genannt hat, nach dem Krieg vorspielen konnte. Ich übte viel. Andere Kinder,

Ausweis für die Fahrten vom Lager nach Erlangen und zurück.

Wir spielen im Lager mit Groß-vater slowenische Lieder. Smrtnik Bernarda, Marica und Trza mit Franz Prušnik.

die tobten und spielten vielleicht ein bisschen herum – ich habe Harmonika geübt. Der Großvater musste in Erlangen arbeiten, obwohl er sehr kränklich war. Trotzdem musste er täglich zur Arbeit.

Wir spielten im Lager mit dem Großvater Partituren von slowenischen Liedern. Er übernahm den Sopran mit der Geige, und ich spielte auf der Harmonika Sopran und Alt mit der rechten Hand und mit der linken Hand Bass. Es fehlte nur der Tenor. Und das war dann der Grund, dass ich mir wünschte, dass ich Klavier lerne, damit ich eine Partitur spielen kann. Mit der rechten Hand Sopran und Alt, mit der linken Hand, Bass und Tenor. Ich lernte dann etwas länger Klavier, so dass ich dazu gekommen bin, das selbst zu unterrichten. Und Akkordeon auch. Dann bekam ich eine Stelle an der Musikschule, weil man in Eisenkappel jemanden gebraucht hat, und dadurch habe ich sie etwas leichter bekommen. Und als Musikschulleiter in Völkermarkt, da habe ich schon Schwierigkeiten gehabt, vielleicht weil ich kein Parteimitglied war. Das war leider so.

Die meisten Mütter waren im Lager und passten auf die Kinder auf. Und so verbrachten wir die Zeit im ganz Ungewissen, was mit uns wird. Ich bin im Lager 10 Jahre alt geworden. Meine Großeltern versuchten zu machen, was möglich war, um mir einen schönen Tag zu bescheren. Es gab dort nicht viel, keine Süßigkeiten oder so etwas. Die Eltern und Großeltern im Lager rätselten, was die Deutschen mit uns vorhatten! Später erfuhr man, dass sie uns in die Ukraine oder wohin verfrachten wollten, nur ist es dazu nicht mehr gekommen, nachdem der Widerstand entstand in Kärnten. Mein Vater war auch bei den Partisanen. Nachdem sie ihn verhaften wollten und er ihnen entkommen ist, ist er zu den Partisanen. Er wollte sich auch

Vladimir Prušnik und die Ziehharmonika – Lager Frauenaurach und heute. Dazwischen liegen mehr als sieben Jahrzehnte.

158

irgendwie rächen dafür, dass die Eltern und der Sohn ausgesiedelt und vertrieben worden sind.

Die Familie war schon zuvor getrennt.

Der Vater hatte 1941 eine Stelle in Grafenstein auf dem Gutsbesitz angenommen und zog deshalb mit der Mutter und den zwei Schwestern dorthin. Zu dem Zeitpunkt blieb ich hier bei den Großeltern und so wurde ich auch mitgenommen bei der Deportation.

Später verlor mein Vater die Stelle in Grafenstein, sicher auch wegen seiner politischen Einstellungen und so kamen die Eltern und die Schwestern wieder zurück auf den Wölfelhof. Bis November wirtschafteten sie hier und dann wollte die Gestapo meinen Vater verhaften. Das war, als gerade der Schnaps gebrannt werden sollte. Mein Vater wusste, sie dürfen ihn lebend nicht bekommen, sonst wäre er wahrscheinlich der vierzehnte Partisan gewesen, den sie per Todesurteil enthauptet hätten. Damals, als diese 13 Todesurteile gesprochen wurden, suchten sie auch ihn. Als die Gestapo kam, lockte er die Uniformierten so weit wie möglich zum Wald hin, damit er in den Wald hinein entkommen konnte. Und dann ging er zu den Partisanen.

Suche nach Schuldigen

An allem, was danach in Eisenkappel geschah, gab man ihm die Schuld. Zum Beispiel, da brannte die Zadruga in Eisenkappel ab. Das warf man ihm vor. Oder wenn jemand von den Partisanen verschleppt oder erschossen wurde, an allem war er schuld. Obwohl er vielleicht weit weg war und es gar nicht gewesen sein konnte. Und diese Propaganda ging durch die ganze Kriegszeit und auch noch in der Nachkriegszeit wirkte sie nach, so dass ein schlechtes Licht auf ihn geworfen wurde. Sogar seinen eigenen Cousin soll er erschossen haben. Das war eine Lüge, und solche Lügen wurden verbreitet die ganzen Kriegsjahre über. Wie viel Schmutz auf unseren Vater geworfen worden ist! Als Kinder bekamen wir das mit, aber wir steigerten uns nicht hinein. Es war selbstverständlich, dass sie im Widerstand auch kämpfen mussten und sich wehren, ums Überleben kämpfen. Sie waren im Krieg. Und wenn die Bevölkerung nicht so gut gewesen wäre, wäre es noch viel schlimmer geworden. Aber die Bevölkerung hielt zu den Partisanen, verpflegte sie und versorgte sie mit Medikamenten und allem Möglichen.

Der Vater wieder in Haft, der Sohn wieder zurück in der Schule

Als wir zurückkamen nach Eisenkappel, lebte noch eine große Familie aus dem Kanaltal auf unserem Hof. Nun mussten die den Hof wieder hergeben. Sie hatten auch kein schönes Leben. So war es damals, im Krieg sind andere Gesetze und nach dem Krieg auch noch, anscheinend. Als wir zurückkamen, waren die Partisanen nicht mehr da. Da waren die Engländer. Und die waren auch uns gegenüber nicht freundlich, das muss man sagen. Nicht umsonst wurde mein Vater dann unter den Engländern noch zweimal eingesperrt. Weil er was gesagt hat, was den Engländern nicht gepasst hat, wurde er in Karlau inhaftiert. Und dort schrieb er dann das Buch „Gämsen auf der Lawine". Er durfte eigentlich nicht schreiben und schmuggelte daher alle Texte heimlich aus dem Gefängnis raus.

Karel Prušnik-Gašper, von den Engländern 1946 inhaftiert, schrieb in Karlau das Buch „Gamsi na plazu/ Gämsen auf der Lawine".

Ich durfte dann wieder zur Schule gehen und wundere mich noch heute, denn ich hatte keine großen Schwierigkeiten. Mit denselben Schülern, mit denen ich früher in die erste Klasse ging, trat ich in die vierte Klasse ein und das ging relativ gut, obwohl wir im Lager fast keinen Unterricht bekommen hatten. Aber die anderen haben auch keinen regelmäßigen Unterricht mehr gehabt im Krieg. Ich hatte, glaube ich, zwei Dreier im Jahreszeugnis. Wir hatten am Anfang im Lager Frauenaurach noch einige Zeit Unterricht gehabt mit einem Maturanten als Lehrer, Johann Dragasnik. Aber dann hatten wir keinen Lehrer mehr. Man muss sich das vorstellen: Er wurde eingezogen zur

Vladimir Prušniks Vater legte nach dem Krieg sehr großen Wert auf das Partisanenlied. Zwei Harmonikaspieler im Gasthaus (Film-Still).

Deutschen Wehrmacht. Als Volks- und Staatsfeind im Lager und dann zur Wehrmacht. Ansonsten lernte ich alles vom Großvater. Auch die slowenische Sprache, tue ich mich auch heut wundern, dass ich die damals recht gut beherrscht hab, obwohl wir im Lager nicht Slowenisch sprechen durften, das machten wir nur im Geheimen. Wenn jemand von den Lagerführern in der Nähe war, dann wurde nichts geredet. Dann waren wir still. Zumindest die Älteren, die Großeltern. Und trotzdem habe ich doch etwas mitbekommen.

Vom Volksfeind zum Partisanensohn

Mein Vater legte nach dem Krieg sehr großen Wert auch auf das Partisanenlied, das war verständlich, so dass ich Partisanenlieder lernte auf der Harmonika.
1948 war die 40-Jahre-Feier vom slowenischen Kulturverband, da bat mich Valentin Hartmann, auf der Harmonika etwas zu spielen. Und der Lager-Frauenaurach-Marsch, der war halt immer als Erstes gefragt. Bei diesem Anlass im Klagenfurter Theater sollte ich den Lager-Frauenaurach-Marsch

161

auf der Bühne des Theaters spielen. Die Chöre hatten sich schon hinter der Bühne aufgestellt. Der Vorhang war zu und vor dem Vorhang sollte ich spielen. Ich stellte mich hin, spielte, kam danach zurück zum Vorhang und wollte hinein. Da meinte der Valentin Hartmann, spiel noch eins. Da machte ich ein, zwei Schritte zurück und bums, war ich im Souffleurkasten samt der Harmonika! Keine Ahnung, wie ich da wieder herauskam. Aber ich hatte eine Wut im Bauch. Und mit der Wut im Bauch spielte ich dann „Na juriš", ein Partisanenlied.

Nachkriegszeit

Ich hatte kein Auto und hier gab es auch noch keine Straße. Die baute ich erst 1956. Bis dahin war alles zu Fuß zu gehen. Wir gingen zum Nachbarn, wo wir jetzt selten vorbeikommen, zu Fuß, trugen Milch dahin. Später konnte ich dann schon etwas mehr Milch liefern, als ich mein Motorrad hatte. Eine Kanne vorn am Tank drauf, eine am Rücken und eine am Sitz, so transportierte ich mit dem Motorrad Milch, bevor ich mir ein Auto leisten konnte. Ich hatte am Motorrad sogar Schneeketten im Winter. Da schoben wir nur einen schmalen Weg aus, meistens mit der Kuh, denn wir hatten kein Pferd.

Was ich bin

Meine Muttersprache ist Slowenisch. Ich bin österreichischer Staatsbürger und ein überzeugter Europäer – mehr kann ich dazu nicht sagen.

Josef Nečemer

kmet staroselec na kmetiji Rastočnik, 1935–2014

Kmečki sin Josef Nečemer je odraščal samo ob slovenskem maternem jeziku na starševski veliki kmetiji. Vsak dan se spuščal peš v šolo v Lepeno. Kar so se nekega dne prav pri šoli partizani in policijske enote zapletli v streljanje, da so šolo zaprli. Josef je vojno preživel ob materi, saj so očeta vpoklicali. Znala sta si pomagati, zakopavala krompir in v kamnitem vogalu stran od kmetije na skrivaj redila prašiče, ki jih nista prijavila. Ko so vse območje razglasili za področje band, so skoraj dnevno hodili na kmetijo uniformiranci in pogosto tudi partizani. Eden od stricev je bil pri partizanih, drugi pa v nemški vojski. Vseeno, kateri so se je pojavili na kmetiji, vedno jim je bilo treba postreči. Previdnost in neprestani strah pred izdajo in denunciacijo je vplival na mladega Josefa. Doživel je, kako so segnali sosede pred hišo staršev in jih odvlekli v koncentracijski logor. Ko mu je umrl oče, je moral Josef Nečemer prekiniti šolanje in še kot mladoleten prevzeti kmetijo. Kasneje je tam ustanovil lastno družino.

Josef Nečemer
Altbauer auf dem Rastočnik-Hof, 1935–2014

Beiden hat man geben müssen –
die Überlebensdiplomatie der Bauern

Vom Bauernhof zum Kriegsschauplatz

Der Rastotschnighof liegt da, wo sich alle Wege kreuzen. Aus
Remschenig kam der Weg, da von Leppen über den Vinkl her,
über den Hudigraben vom Lobnig her, Unterpetzen, Koprein
und dann von Eisenkappel – es waren sieben oder acht Wege,
die sich genau bei uns gekreuzt haben. Wir sind eigentlich
Slowenen.
Früher hatten die Frauen ihre Arbeit und die Männer hatten
andere Arbeit. Sie haben gefuhrwerkt, Fahrdienste mit Kut-
sche und Schlitten übernommen. Mein Vater hat um halb drei
Uhr in der Früh auf der Stiege gesungen: „Auf den Bergen
wird schon Licht! Wird schon Tag!" Dann hat er die Tiere

*Josef Nečemer,
Altbauer auf dem
Rastotschnig-Hof,
2014 (Film-Still).*

165

gefüttert und um halb vier spätestens haben alle anderen aufstehen müssen, um die Pferde zu putzen und zu füttern. Um sechs Uhr sind wir in den Wald gefahren, um Holz aufzuladen. Das hat oft gedauert bis abends neun, halb zehn, bis wir alles Holz weg gebracht und die Pferde versorgt hatten. Man hat sehr wenig Schlaf gehabt. Zu essen gab es Wurst oder ein Stückchen Fleisch und ein Stückchen Brot. Eine Frau hat zum Lagerplatz im Wald immer Mittagessen gebracht. Die Männer machten ein Feuer, um das Essen warm zu halten. Bis zur Fabrik nach Rechberg haben wir das Holz mit den Pferdefuhrwerken gebracht.

Bei uns war im Krieg immer was los. Es hat auch Tote gegeben, bei Schießereien. Das Haus hat einige Einschüsse gehabt. Und der Stall.

In der Volksschule von Leppen erlebte Josef Nečemer eine Schießerei. Danach fand kein Unterricht mehr statt, die Schule wurde geschlossen (Film-Still).

1941 bin ich in die erste Klasse der Leppener Volksschule gekommen und dann hat es eine Schießerei zwischen deutschen Truppen und Partisanen gegeben, ganz nah an der Schule. Wir mussten uns alle flach auf den Boden legen zusammen mit der Lehrerin. Nach dieser Schießerei kam kein Lehrer mehr zu uns in unsere Schule.

Die Partisanen hatten oberhalb von unserem Hof einen Posten, wo auch ein Verwandter von meiner Mutter seinen Dienst tat. Daneben war auch ein Stall, da musste ich das Vieh füttern und habe für die Partisanen, die auf Patrouille oben waren, Essen mitgenommen. Die Partisanen richteten am Wald Reisighaufen her. Einer hat Wache gestanden und zwei haben gearbeitet. Und ein anderer Verwandter, ein Schwager von meiner Mutter, der war bei der deutschen Wehrmacht auf Urlaub und hat den Partisanen geholfen, die Reisighaufen wegzuschaffen. Unter vernünftigen Bekannten war das möglich. Es hat andere auch gegeben. Im Krieg hatte meine Mutter überall Lebensmittel versteckt, so dass wir immer genug zu essen hatten. Gleich hinter dem Hof war eine Höhle im Fels und da drin hatten wir zwei, drei schwarze Schweine. Von denen durfte niemand etwas wissen. Die musste ich füttern, und damit ich keine Spuren mache, bin ich im Bachbett gegangen. Meine Mutter hat zum Beispiel Erdäpfel gebraten und ich hab dann Säcke gefüllt und habe die zu den Partisanen getragen. Die deutschen Soldaten waren auch oft bei uns, die hatten so einen Hunger, dass sie lebendigen Hennen den Kopf abrissen und gleich hineinbissen.

Vertrauen, Verrat, Verlust

Eines Tages war ich mit meiner Mutter unterwegs und sah, wie Leute über die Wiese an der Dörre beim Vinkl vorbei liefen. Sie benahmen sich ganz komisch. Das sind aber keine echten Partisanen, sagte ich zu meiner Mutter. Und dann haben sie uns gestellt und vernommen, eine halbe Stunde lang. Schließlich bestellten sie für 16 Leute Essen, das sollte meine Mutter herrichten. Wir sind dann nach Hause und sie hat eine Suppe gekocht – und um halb zehn sind die Männer dann gekommen. Sie hielten sich aber nur im Vorraum auf. Bei der Eingangstür war damals ein Erdkeller mit einem Deckel, der stand offen. Es war ziemlich dunkel und unsere Mägde, zwei Sloweninnen, lockten die Männer herein: „Ja kommt's , kommt's herein, seid's doch nicht so feig!" Da übersieht einer das Loch im Boden, fällt hinein und verliert seine Kappe. Da wussten wir, da ist irgendwas nicht richtig. Als sie sich satt gegessen hatten, ist ihr Chef gekommen und hat gesagt, wir dürften sie wenigstens 36 Stunden nicht melden, damit sie einen Vorsprung hätten, und dann sind sie gegangen. Am nächsten Tag gegen acht Uhr entschied sich meine Mutter, die Partisanen anzuzeigen. Nach zwei Tagen hat die Polizei die Nachbarn verhaftet, die den „Partisanenbesuch" nicht gemeldet hatten. Es war eine Falle: Es waren keine Partisanen, sondern deutsche Soldaten als Partisanen verkleidet. Alle Nachbarn wurden abgeholt, die sind alle nach Dachau oder in andere Konzentrationslager gekommen. Uns hielten sie am Zaun fest. Da sagte meine Mutter zu einem Deutschen: „Aber etwas hab ich vergessen zu melden. Eine Schachtel Zünder hab ich ihnen gegeben." – Da fragt er: „Wem?" – Sagt sie: „Ihnen." Daraufhin besprachen sich die Soldaten untereinander. Und der eine sagte: „Lassen wir sie noch für einmal." Der andere holte eine Pfeife heraus und pfiff zum Aufbruch. Alle standen auf, jeder nahm sein Bündel und wir blieben dort auf der Wiese stehen. Wir Kinder hielten uns bei der Mutter beim Kittel fest. Ab da war öfter SA auf unserem Hof. Die hielten Wache und waren oft einmal 14 Tage am Stück da. Sie trugen Stroh in einen größeren Raum und schliefen da.

Einmal wurde auch ein Schwein für die Deutschen geschlachtet, wir hatten alte Aluminiumkannen, und die deutschen Soldaten hatten das Fleisch gleich verarbeitet und warm in die Kannen rein getan. Die Oberen, vielleicht waren es sechs oder acht, die haben sich einmal angessen, alle anderen blieben hungrig. Und am nächsten Tag in der Früh war das restliche Fleisch verdorben.

Hilfe für die Partisanen

Man unterstützte die Partisanen nach Möglichkeit, aber weil immer die Deutschen da waren und immer Verräter unterwegs waren, war das ein Problem für die Leute. Die lebten in ganz, ganz großer Angst. Beiden musste man geben, den Deutschen und den Partisanen, was man halt gehabt hat. Wenn sie irgendwo eine Uniform gekriegt hatten, dann trugen die Partisanen die auch. Aber sonst ganz normale Sachen, was man so hatte.

Im Winter kamen sie, um sich ein bisschen aufzuwärmen, wenn Zeit war. Die hatten keine Möglichkeit, sich irgendwo zu trocknen oder die Kleidung zu wechseln. Wenn man irgendwo in einem Haus was gekriegt hat, dann eventuell. Aber sie hatten immer die gleichen Schuhe, bis sie

*Josef Nečemer
hatte einen Onkel
bei den Partisanen
und einen anderen
bei der Wehrmacht
(Film-Still).*

heruntergefallen sind vom Fuß. Das war schon ein hartes
Leben bei den Partisanen.

Von Erwachsenen gequält und bedroht

Einmal quartierten sich bei uns zwischen 30 und 40 Deutsche ein und stellten vor der Haustüre etwas auf, das sah
aus wie ein Christbaum aus lauter Röhren. Oben spitz, vier
Meter hoch. Und damit konnten sie den Funk der Partisanen
abhören. Die Partisanen hatten teilweise schon Radio im
Bunker. Und da fragt mich einer von diesem Abhörposten
der Deutschen, was „Mitzka … cafeta" heißt, – das heißt
„Mitzi, koch mal einen Kaffee" – und in der Angst, ich hatte
so derart die Angst eingetrichtert gehabt, da sagte ich halt als
Kind nie was anderes als „ich weiß nicht". Da hat er mich

eine Viertelstunde lang gefragt und ich habe immer das Gleiche gesagt, „ich weiß nicht". Dann hat er mir eine runtergehauen, dass ich umgefallen bin, und als ich wieder aufstand, schlug er mich gleich weiter. Das bekam ein anderer mit, der dann meinte, überlass den Jungen mir. Ich war damals acht Jahre alt. Der zweite Uniformierte fragte mich erst ganz freundlich und ich immer weiter: „Ich weiß nicht, was das heißt!" – Dann riss er mir auf einmal das Hemd auf und stieß mich mit der Pistole so, dass ich umfiel, dreimal. Als die beiden endlich von mir abließen, bin ich reingerannt und hab mich verkrochen. Durch diese Angst bin ich Bettnässer geworden, bis ich elf Jahre alt war. Bei den Haderlaps, unseren Nachbarn, war der Vater zu den Partisanen gegangen und die Kinder waren dann noch auf dem Hof, da kann ich mich erinnern, wie sie den Zdravko da gequält haben. Sie schnitten ihm die Ohren ein und hängten ihn in einem Baum. Sie wollten aus ihm herauspressen, ob der Vater noch nach Hause kommt oder ob die Partisanen da sind.

Nach dem Krieg – Leben an der Grenze

1945, da hat die Schule wieder angefangen. Meine Eltern wollten, dass ich studiere, aber ich wollte nicht mehr. Nach der dritten Klasse blieb ich zu Hause und hab lieber gefuhrwerkt, obwohl ich immer schöne Zeugnisse hatte, immer nur sehr gut und gut. Damals war der Monatslohn für einen Knecht zwischen vier- und fünfhundert Schilling, mit Krankenkasse und bei voller Verpflegung, die waren richtig integriert in die Familie. Man aß immer am großen Tisch gemeinsam. Es gab bei uns keine Sortierung. Nach dem Krieg war das Abendessen eine große Schüssel Kartoffeln in Schalen und eine Schüssel oder zwei Schüsseln auf der Seite mit Sauermilch. Man nahm sich eine Kartoffel, schälte sie, ein bisschen Salz darauf und dazu mit dem Löffel die Sauermilch. Es gab Zeiten, wo wir bis zu 20 Leute waren. Da ist ein Tisch schon zu klein gewesen.
Und dann war Sperre nach dem Krieg. Nichts. Oben hatten sie einen 20 Meter breiten Grenzstreifen abgeholzt. Die Grenzer waren alle Serben. Damit kein Verwandter helfen konnte und die Grenze dicht war, mussten die Slowenen unten in Kroatien oder Serbien die Grenze bewachen und bei uns hatten diese Aufgabe die Serben. Wenn sich da

irgendwas bewegte an der Grenze, das wurde niedergemäht. Auf der Luscha-Alm haben sie einen Schmuggler erschossen. Und 1946 gab es einige Tote, die wollten wohl auch irgendwas her schmuggeln. Oder wenn Leute aus Jugoslawien flüchten wollten. Da war der Weinzierl-Toni, der bei den Partisanen war, der hatte in Jugoslawien eine Frau kennengelernt und wollte 1946 mit ihr wieder zurück in die Heimat. Die Grenzer erschossen beide.

Im Oktober 1954 schickten mich die Eltern dann in die Landwirtschaftsschule nach Völkermarkt und am 12. November 1954 starb mein Vater. Deshalb musste ich zu Hause bleiben. Mit 19 Jahren übernahm ich den Besitz und versuchte, selbst zu wirtschaften. Man war damals bis 24 minderjährig und so hatte ich einen Nachbarn als Vormund. Der war ziemlich eigensinnig. Schon die ganze Übergabe durchs Gericht war sehr problematisch. Die wollten alles besser wissen als ich, aber ich ließ mich nicht unterkriegen. Und so wurde der Hof so übergeben, wie der Vater das testamentarisch festgelegt hatte.

1956 habe ich dann angefangen, das Haus zu bauen. Wir hatten schon einen Kalkofen zu Hause aufgestellt und Kalk gebrannt. Wir hatten auch noch eine kleine Schmiede, weil wir sehr viel gefuhrwerkt haben im Winter. Und dann hatten wir noch einen Kohlenmeiler aufgestellt. Als es so weit war, wollte mein Vormund nicht, dass ich das alte Haus abreiße. Ich ging zum Gericht und der Richter Kadunig erklärte mich mit 21 für volljährig.

Noch nach dem Krieg war die Grenze für Josef Nečemer gefährliches Gebiet. Schmuggler und Grenzer waren dort unterwegs. Es gab immer wieder Tote (Film-Still).

GOTTFRIED BESSER
letnik 1935

Starša Gottfrieda Besserja sta bila dvojezična. Oče je bil kot bivši brambovec nastrojen prejkone nemško nacionalistično. Svojih otrok starša Besser nista več naučila slovenščine, sta pa jo uporabljala, ko kaj ni bilo za otroška ušesa. Hišo so med vojno neprestano zasedali vojaki. Najprej si je nemška vojska v veliki dvorani gostišča Besser uredila skladišče municije, ki ga je bilo treba stalno stražiti. Nekega dne pa je Gottfried skupaj z mamo naletel na partizane, razvil se je pogovor, Gottfrieda in ostale otroke pa so opozorili, naj doma nikar ne govorijo o tem srečanju. Konec vojne je gostilničarjev sin doživel dobesedno pred vrati: cele kolone ustašev, pa partizanov, pa še Angleži so se naselili v gostišču. Gottfriedu niso ostali v lepem spominu. Po vojni so se v gostilni pričele debate o jugoslovanskih ozemeljskih zahtevkih. Oče, član zveze brambovcev, je družini dal navodila, da morajo biti za vsak primer pripravljeni na bliskovit pobeg. Ko so leta 1955 podpisali državno pogodbo, so pri Besserjevih proslavljali.

GOTTFRIED BESSER

Jahrgang 1935

ZUSAMMENLEBEN HEISST WIRLICH DAS GLEICHE TUN

Familiengeschichte

Meine Vorfahren waren Waffenschmiede aus Ulm und sind
nach Vellach gekommen in der Zeit Maria Theresias. Einige
davon waren reisende Knechte, heute würde man Bodyguards
dazu sagen.
Meine Mutter wurde im Graben in Leppen geboren und ist
dort auch zur Schule gegangen.
Mein Vater kam aus St. Kanzian. Beide wuchsen in gemischt-
sprachigen Familien auf. Die Mutter meines Vaters war
aus dem Gailtal, aus Hermagor. Dort kannte man kein
Slowenisch. Mit den Schwiegereltern musste sie aber Slowenisch sprechen. Das war eine schwierige Zeit für sie, so hat
meine Großmutter mir das erzählt. Zu Hause wurde nicht

*Im Gasthaus hörte
Gottfried Besser als
Kind so allerhand
und bekam viel von
der Feindschaft zwi-
schen Slowenen und
Deutschnationalen
mit (Film-Still).*

175

Slowenisch gesprochen, aus Angst, dass es jemand hört. Untereinander sprachen die Eltern nur dann Slowenisch, wenn wir Kinder nichts verstehen sollten. Dann wechselten sie ins Slowenische. Mein Vater wurde aber gemahnt, weil er mit einem gut bekannten alten Bauern auf der Straße Slowenisch gesprochen hat. Der Ortsgruppenleiter zitierte ihn in die Kanzlei und verwarnte ihn, wenn er noch einmal Slowenisch rede auf der Straße, dann werde das Folgen haben.

Diskussionen im deutschen Gasthaus

Ich fing so in den Jahren 1947, 1948 an, mich für Politik zu interessieren. Da sprach man auch wieder von Abwehrkampf. In der nationalsozialistischen Zeit hatte man den Abwehrkampf verherrlicht. Damals sprach man auch immer für das Deutschtum. Mein Vater war hier in Eisenkappel bei einem Traditionsverein „Die Abwehrkämpfer". Dort wählte man ihm zum Obmann, also hatte ich als Sohn mit diesen Abwehrkämpfern Kontakt.

Damals hatten wir auch ein Gasthaus. Die Versammlungen der Abwehrkämpfer fanden bei uns statt. Man kam mit diesen Leuten zusammen, die im Abwehrkampf waren, auch mit Frauen, die uns damals von der Zeit erzählt haben. Es war doch diese Zeit in 1948 und 1949, wo man sich fragte, ob es diesen Abwehrkampf wieder geben wird. Man fragte sich, ob man umsonst gekämpft hat, wenn jetzt Jugoslawien mit Tito wieder unser Land beansprucht. Man diskutierte auch oft über die politischen Richtungen, die dahinterstanden. Für uns, weil der Vater Abwehrkämpfer war, war sicher, dass wir flüchten müssten, wenn Kärnten zu Jugoslawien kommt. Gerade in der Zeit bis zum Jahr 1950, wo es überhaupt nicht sicher war, ob wir bei Österreich bleiben, saßen wir auf gepackten Koffern. Mein Vater sagte immer, wenn so etwas käme, käme es über Nacht, dann müsse man schnell handeln, schnell weg.

Das prägte mich. Im Jahr 1945, als die Partisanen Eisenkappel besetzt hatten und dann abziehen mussten, haben sie ja 80 Personen mitgenommen. Hauptsächlich Leute, die damals beim Abwehrkampf waren oder sich bei der Abstimmung 1920 für Österreich aussprachen. Die wollte man damals nach dem alten Muster, dass man alles, was sich ein bisschen artikulieren kann, ausmerzen muss, weg haben. Viele von den

Verschleppten kamen nicht mehr zurück. Hauptsächlich hatte man die Leute verschleppt, die nicht slowenisch waren.

Der Krieg dauerte länger als anderswo

Meine Mutter kam, daran ich mich noch gut erinnern, weinend herein. Wir hatten eine Nachbarin mit einer ganz bewegten Vergangenheit von der Familie her. Er war Bürgermeister, ihr Mann war bei dem sogenannten Februarputsch dabei, wo die Sozialisten damals gegen die Regierung geputscht hatten, der musste damals nach Jugoslawien flüchten. Alle wurden als Linksorientierte nach Moskau verfrachtet und machten dort die Politschulen. Der Mann, der Bürgermeister in Eisenkappel war, hatte andere Vorstellungen von Gemeinsamkeit gehabt. Er hatte sich dort irgendwann aufgeregt und kam nach Sibirien. Sie war dann alleine und der Sohn war in der Politschule. Durch Zufall kamen sie 1944 nach Eisenkappel zurück als Hitler einmarschiert war. Dieser junge Mann, der eigentlich in der kommunistischen

Auf welche politische Seite man sich auch stellte, es konnte ein Fehler sein (Film-Still).

177

Politschule war und bestens Russisch konnte, meldete sich freiwillig zur Waffen-SS und war unser Nachbar.

Das alles bewirkte, dass die Partisanen diese Frau zur Verschleppung abholten. Ihr Mann war damals schon verstorben und der Sohn noch im Krieg.

Meine Mutter sah das, es war ein Jugendfreund von ihr, der die Verhaftungen machte, und rief ihm zu, Franz, so hieß er, lass die arme Frau in Ruhe, sie ist so krank. Da entgegnete ihr Jugendfreund, wenn sie nicht schnell den Mund halte, kämen sie auch sie holen.

Bei den Verschleppungen gab es zwar auch private Abrechnungen, aber es war schon auch politisch motiviert. Damals war der Hass besonders groß, weil man denen die Schuld gab, die sich entweder bei Hitler engagiert hatten im Nationalsozialismus oder nicht dagegen waren, nichts getan hatten. Das warf man ihnen immer wieder vor, sie hätten sich nicht einmal aufgeregt bei den Aussiedlungen.

Die leeren Höfe wurden den Südtirolern geschenkt, die heim ins Reich optierten.

1945 setzten die, die aus den Lagern zurückgekehrt sind, wiederum die Südtiroler auf die Straße und sagten, sie hätten hier nichts zu suchen.

Die persönliche Tragik war bei den Familien sichtbar.

Die Politik hatte eigentlich das Unrecht verursacht. Die Südtiroler hatten den Besitz in der Zwischenzeit bewirtschaftet und wurden mit Schimpf und Schande auf die Straße geworfen. Nach Italien konnten sie nicht zurück, weil sie ja früher für Deutschland optiert hatten.

Das ist das Typische für den Krieg, da muss man töten oder den anderen ein Leid tun.

Besondere Ereignisse der Kinderwelt im Krieg

Als Junger bekommt man nur besondere Ereignisse mit. Das war für mich, wie die Partisanen in den Ort gekommen sind. Hier bei unserer Kreuzung war ein Bunker, wo immer ein deutscher Soldat oder zwei drinnen waren. Aber das war Partisanengebiet und da wurden sie einmal überfallen und beide erschossen. Ich sah das selbst nicht, aber ich hörte die Schüsse und sah den Auflauf, die Polizei und das Militär und wie sie diese Toten wegbrachten. Man diskutierte, dass die Soldaten

unaufmerksam gewesen
sind, weil sie nicht frü-
her geschossen haben. In
der Nachbarschaft war
ein Kaufhaus, das wurde
besetzt und im ersten und
zweiten Stock ein Lazarett
eingerichtet. Das wollten
Partisanen ebenfalls überfallen. Es war aber jemand
so aufmerksam, der neben
der Stiege gesessen ist und
die Heraufstürmenden
mit der Pistole vertreiben
konnte. Nach einer halben
Stunde hat die Tochter vom
Haus bei der Haustüre
hineingeschaut, nur mit
dem Kopf hinein, und die
Wächter schossen sofort

*Gottfried Besser
hörte Schießereien
auf der Hauptstraße
und sah viel Militär.
Sein Elternhaus war
beschlagnahmt.*

und schossen ihr durch die Wange. Sie lebt heute noch hier
unter uns. Das waren besondere Ereignisse, an die ich mich
erinnern kann.

Unser Haus war beschlagnahmt vom Militär. Wir hatten
einen großen Veranstaltungssaal hinten, dort war ein Muni-
tionsdepot für die Kompanien hier rundherum. Vor dem
Hof stand immer eine Wachmannschaft, so waren wir relativ
sicher im Haus. Wir hatten aber einen Hof zu bewirtschaften
und da musste ich auch mit meiner Mutter und mit meiner
Schwester bei der Erntezeit hinaus. Da kamen uns Partisanen
entgegen mit Pistolen in der Hand. Wir waren zu dritt. Zwei
Kinder und die Mutter. Das war für mich als junger Bursche
erschreckend, wie da unsere Feinde auf uns zukommen, wir
wussten ja, dass es keine Deutschen sind. Zum Glück war der
Anführer ein junger Mann, der aus der gleichen Gegend war

wie meine Mutter. Sie unterhielten sich und gingen wieder auseinander. Unsere Mutter trug uns auf, ja nicht zu Hause oder der Polizei zu erzählen, dass wir Kontakt mit Partisanen hatten.

Die Rolle des Vaters im Krieg

Mein Vater war nicht in der NSDAP aktiv und nie an irgendeiner Front. Er hat die Organisation der Versorgung gehabt. Versorgung, das bedeutete, da waren 5 Tiere, die bei uns im Stall standen, und mein Vater hatte als Uniformierter die Aufsicht, dass man von Eisenkappel zum Stützpunkt auf 1800 m die Versorgung transportierte. Er organisierte das von zu Hause aus. Anfang 1944 überfielen Partisanen so einen Transport und töteten alle.

Kriegsende

Als Kind hat man das nicht empfunden, dass der Krieg verloren war, abgesehen von den Flüchtlingen aus Jugoslawien, weil nur gewisse Wege frei waren, wo alle Flüchtlinge durch mussten. Bei uns marschierten vor allem das deutsche Militär, die Ustascha und die Kroaten durch. Sie haben mit ihren Pferdewägen alles mitgenommen, was sie aufladen konnten. Die Partisanen hielten sich eigentlich zurück, weil sie sich mit der Übermacht nicht anlegen wollten.

Wir hatten einen Innenhof, wo sich die deutschen Soldaten sammelten, zum Teil entwaffnet, soweit sie noch Waffen gehabt haben. Man hat denen alles weggenommen, was sie noch an wertvollen Sachen gehabt haben, Uhren usw. Ich kann mich erinnern, dass jemand zu meiner Mutter kam und ihr eine Uhr und eine silberne Tabakdose mit gewissen Sachen übergab, mit der Bitte, das in Ehren zu halten, weil er sicher war, er werde das nicht überleben, weil er nach Jugoslawien zurückmusste. So dramatisch wie das auch nach 30 Jahren ist, der Mann kam wieder her und holte sich seine Sachen zurück.

Meine Mutter versteckte auch zwei junge Burschen, die bei dem Zug mit dabei waren, vor den Partisanen, und hat, als die Ustascha hier durchmarschierten, zu den Burschen gesagt, jetzt hätten sie die Gelegenheit, dort mitzugehen. Die sind dann in deutscher Uniform da mit.

Der kam 20 Jahre später nach Eisenkappel. Meine Mutter war damals im Gasthaus gerade in der Küche. Wie sie hereinkam, umarmte seine Ehefrau meine Mutter und weinte so bitterlich und bedankte sich, dass sie ihn damals gerettet hatte. Dann ging er aufs Grab zu meiner Schwester, die damals schon gestorben war, und kaufte einen Kranz.

Engländer im Haus

Wir hatten die Engländer im Haus. Einmal sang ich vor einem Tor, „Bomben, Bomben auf England". Zuerst lachte man mich aus und dann beschimpften sie meine Eltern als Nazis. Dabei hatte ich das Lied in der Schule gelernt. Wir hatten an die Engländer, damals als Besatzungsmacht, schlechte Erinnerungen. Ich persönlich auch, weil ich ja miterlebte, wie sie die Kroaten an Jugoslawien wieder übergaben. Da marschierten Waffenlose zwei Tage durch, wurden geschlagen usw. Da waren die Engländer von den Partisanen hinten geschützt und man spürte den Hass und was die Leute zu erwarten hatten. Das war so fünf, sechs Tage, nachdem die Kroaten sich zuerst den Engländern ergeben hatten, aber sie mussten wieder zurück. Meine Mutter brachte ihnen manchmal Wasser und wurde dabei von den Partisanen mit der Peitsche gehindert. Sie hatten diese Reitpeitschen und sie sind gleich geschlagen worden.
Wir sahen am Pferdewagen auch ein totes Kind. Zum Teil waren dabei auch Leute, die man gut kannte, mit denen man aufgewachsen war, die dann so brutal gegenüber den Feinden waren.
Man konnte sie nicht verstehen, weil man sie ganz anders in Erinnerung hatte.
Nach Mai 1945 war mein Vater für ca. zehn Tage im Wald abgängig. Wenn uns jemand fragen sollte, wo der Vater ist, hatte uns unsere Mutter eingetrichtert, dass wir sagen sollen, dass wir es nicht wissen.

Der Staatsvertrag

Wir feierten den Staatsvertrag sehr. Wir waren uns zwei, drei Jahre früher eigentlich schon sicher, dass wir bei Österreich bleiben. In den Jahren 50, 51 waren die Verhandlungen in London.

Immer wieder ging es auch über Südkärnten.

Wir saßen immer am Radio, und nachdem wir ja auch ein Gasthaus hatten, berichteten wir über die Verhandlungen und verfolgten das mit sehr großem Interesse. Wir jubelten dann immer, wenn es hieß, man wird Österreich in den Grenzen belassen.

Wer gehört wohin?

Wir haben immer diskutiert, wer ist Slowene?

Es gibt keinen Unterschied von der Vergangenheit her: Die Slowenen sind seit dem 6. Jahrhundert hier angesiedelt, also wer ist eigentlich Slowene, was ist das Kriterium für einen Slowenen?

Hitler hatte natürlich schnell Leute ausgemacht, die im Jahre 1918 und 1919 für Jugoslawien waren, die waren

Wir reden immer vom Zusammenleben, aber Zusammenleben heißt, wirklich das Gleiche tun, wünscht sich Gottfried Besser (Film-Still).

selbstverständlich Slowenen. Die weit weg wohnten und mit den Partisanen Kontakt haben mussten oder hatten, siedelte man aus, um den Partisanen die Versorgung zu entziehen. Und die schlecht Deutsch konnten auch, weil Hitler meinte, am deutschen Wesen wird die Welt genesen. Das hatten wir als Kinder auch gehört. Die Slowenen waren für Hitler eigentlich wie die Juden. Rechtlos und die Sprache war verboten. Man muss sich das vorstellen, viele der Einheimischen konnten nicht Deutsch. Sie waren plötzlich sprachlos.

Natürlich gab es Nutznießer. Die Leute, die plötzlich Arbeit hatten. Hitler hatte durch die Rüstungsindustrie und dadurch, dass er den Juden das Vermögen weggenommen hatte, viele beschenken können. Auch in Eisenkappel war ein Jude, der ein Geschäft gehabt hatte, ein Textilgeschäft, den zwangen sie zum Auswandern. Dann gab man jemandem anderen das Geschäft mit den ganzen Waren.

Natürlich waren das meistens die, die schon illegal bei der Partei waren. Das Erste, was die Nazis machten, sie verfolgten die Christen, die Sozialisten nicht. Die integrierten sich alle. Für uns war ein Amerikaner oder Engländer wie ein Moloch. Wir konnten uns gar nicht vorstellen, dass das normale Menschen sind. Man zeichnete sie auch immer ganz anders auf den Plakaten. So war das auch in uns.

Zuordnungen überdauern

Bei uns hat der Begriff deutschnational insofern eine Bedeutung, dass man einer Gruppe zugeordnet ist. Entweder war man bei den Deutschen mit dabei, wenn auch nicht bei diesen Aussiedlungen usw. Die anderen waren dann nach den Partisanen bei den Slowenen, die ja damals die Abtrennung von Österreich haben wollten und sich auch artikuliert hatten mit vielen Aufmärschen usw.

Wie man sich annähernd sicher war, dass die Gebietsansprüche nicht schlagend werden, hat man immer noch von den Leuten gewusst, du warst ja dafür, wenn es nach dir gegangen wäre, wären wir heute in Jugoslawien, wären wir heute bei den Tito-Kommunisten. Das hat man den Leuten schon vorgehalten. Man ist auch mit Schimpfwörtern wie Nazi und Partisan nicht sparsam gewesen.

Die Geschichte im Heute

Wir kultivieren das Nationale noch immer. Das ist meine persönliche
Meinung. Wir haben alles doppelt in unserer Welt. Wir müssen zwei
Raiffeisenkassen haben. Wir müssen zwei Männerbewegungen haben,
eine slowenische und eine deutsche, was für mich keinen Sinn hat.
Das ist meine persönliche Meinung, wo ich mich heute noch artikulier,
nicht zur Freude der meisten. Aber ich sage immer, wir müssen endlich
gelernt haben, wir müssen endlich zusammenleben, nicht nebeneinander.
Wir reden immer vom Zusammenleben aber Zusammenleben heißt,
wirklich das Gleiche tun.

EDGAR PISKERNIK
letnik 1935

Oče Edgarja Piskernika je bil dvakrat župan Železne Kaple: do leta 1938 in po letu 1945. Ni bil član NSDAP, zato v Tretjem rajhu kot župan ni prišel v poštev, potem pa že. Družina je izhajala s kmetije na Lobnigovem grabnu, imeli so čebele in ovce. Edgarjeva mati je bila verna katoličanka in je sina pošiljala v katoliško nedeljsko šolo. Sam bi se raje pridružil nacističnemu podmladku, da bi se lahko pomeril s sošolci in jim dokazal, da zna prav tako plavati in teči kot oni. A se to ni zgodilo – ko je bil Edgar star deset let, sta bila vojna in nacistični čas že mimo in počasi so se vračali preživeli iz izseljenskih, prehodnih in koncentracijskih logorjev. Med njimi je bila tudi njegova teta, slovita botaničarka in zavedna Slovenka dr. Angela Piskernik. Fant se ji je raje izogibal, da mu je ni bilo treba poslušati, kako slabo govori slovensko. Enega pa je družina čakala dlje časa: Edgarjev brat Emil je bil v ruskem ujetništvu in se vrnil v Železno Kaplo šele leta 1947 hudo bolan.

EDGARD PISKERNIK
Jahrgang 1935

WIR HABEN GAR KEINE UNTERSCHIEDE, NUR DU SPRICHST LIEBER SLOWENISCH UND ICH DEUTSCH

Sohn eines besonderen Bürgermeisters

Mein Vater war Bürgermeister, allerdings zunächst bis 1938. Seine glücklichste Zeit hatte er als Gendarmerie-Stadtkommandant von St. Andrä im Lavantal verbracht. Dort gab es keinerlei Spannungen, weder soziale noch nationale. Er war dort Obmann eines Bienenzuchtvereines und eines Gesangsvereines und weil meine Mutter eine große Sehnsucht nach ihrem Geburtsort in Eisenkappel hatte, hat sie hier in der Stadt ein sehr schönes Haus gekauft, hat es umgebaut und nach dem Juliputsch 1934 zogen sie hierher. Damals hatten die Nazis geputscht und ein Teil der Nazis waren meinem Vater gegenüber sehr gut bekannte Leute, mit denen er politisch nichts gemein hatte, aber mit denen er im Gesang und im Kirchenchor viel zusammen war und sie geschätzt hat. Die Grundidee der Leute war, wir wollen Arbeit und Brot, auf einfache Art und Weise gesagt. Weil er sie nicht mit der Waffe in der Hand bekämpft hat, sondern gesagt hat, sie sollten

Die Familie Piskernik war eine bedeutende Bauernfamilie aus dem Lobnig-Graben. Stefanie Piskernik, Edgar Piskerniks Cousine, fotografierte die Schönheiten ihrer bäuerlich geprägten Heimat.

187

gescheit sein und aufgeben, ganz Österreich sei gegen sie – deshalb, aufgrund dieser menschlichen Komponente, wurde er dann abgesetzt. Das war genau die Zeit 1935, als ich auf die Welt kam, wo das Haus in Eisenkappel fertig war und die Familie hier herübergezogen ist, mit meinen Bruder Emil, der damals auch schon 12 Jahre alt war. Dann in Eisenkappel machte man vielleicht eine Fehlinterpretation. Man sagte, der Mann wurde gefeuert, weil er nur ein Nazi gewesen sein konnte, denn sonst hätte man ihn nicht nach Eisenkappel zwangsversetzt. So eine Fehlinterpretation – und hat ihn zum Bürgermeister 1938 gemacht. Als er 1939 genötigt wurde, seinen Namen zu ändern, von Piskernik zu deutsch Töpfer, hatte er das Angebot bekommen, sie würden ihm alle Kosten zahlen, die dadurch entstehen könnten, nur bitte als deutscher Bürgermeister in Eisenkappel geht der Name nicht. Und er sollte auch noch zur NSDAP. Als Beamter der Monarchie, der auf den Kaiser vereidigt war, soll es die Diskussion gegeben haben, was soll er mit einer nationalsozialistischen Arbeiterpartei, er sei ein Bauernsohn aus Lobnik. Ein alter Freund von ihm, der mit im Chor war, der Drechsler, der war schon 1927 bei der NSDAP. Den sollten sie nehmen und ihn in Ruhe lassen. Diese Bescheidenheit und Klugheit hat ihm das Leben erhalten. Als 1945 endlich die Engländer nach der Besetzung durch die Partisanen kamen, musste die Verwaltung weitergehen, und da brauchte man wieder einen Bürgermeister. Einer aus der Verwaltung meinte, den Piskernik, den kenne er gut, sie sollen doch den zum Bürgermeister der Großgemeinde Eisenkappel machen. Dadurch war mein Vater sicher der einzige Mensch im „großdeutschen Reich", der sowohl am Beginn der Hitlerdiktatur als auch nachher Bürgermeister war.

Messdiener statt Pimpf

Ich wäre gern bei den Pimpfen gewesen. Die hatten so einen Spaß, eine solche Freundschaft und ein solches Miteinander gehabt und gemeinsame Erlebnisse. Sie konnten mit zwei Trommeln durch den Markt gehen und hinten acht Leute. Haben Lieder gelernt, die sie ihr Leben nicht vergessen werden.
Und haben geboxt und haben geturnt und waren im öffentlichen Bad die besten Leichtathleten.

*Auch Edgar
Piskerniks Vater
war Imker. Bienen
und die Imkerei
sind ein zentrales
Motiv im Film
(Film-Still).*

Da wär man furchtbar gern dabei gewesen, um ihnen zu
zeigen, dass man auch so gut ist. Ich wurde durch meine
katholische Mutter zur Schadenfreude von vielen Jugend-
freunden verpflichtet, in die Kirche zu gehen und an einem
katholischen Unterricht teilzunehmen, der immer sonntags
war. Meine Mutter hatte den Ersten Weltkrieg voll und ganz
miterlebt als 24jährige.

Da wurde gehungert. Durch die Lebensmittelmarken und
die Pension meines Vaters, die ihm gezahlt wurde, war es
im Zweiten Weltkrieg besser. Es gab wenig zu essen, aber
wir haben nicht gehungert, denn ich konnte jederzeit zu
meinem Onkel hier heraufgehen oder zum Nachbarbauern
und bekam Kartoffeln und Milch – ich war jahrelang jeden
Tag hier Milch holen. Mein Vater hatte große Bienenhäuser,
denen er sich gewidmet hat, und er betrieb Schafzucht. Er hat
hier in unmittelbarer Nähe einen eigenen Stall gehabt und
wollte von all den Dingen nichts hören.

Viele Verwandte bei der Wehrmacht

Wir zitterten mit ihnen. Der Sohn des Hauses hat es zum Unteroffizier gebracht. Ein anderer war ein berühmter Feldwebel in der Narwikfront. Der Bruder meiner Cousine Stefanie war Leutnant. Der Sohn vom Anton war Leutnant bei der Deutschen Wehrmacht. Es wäre ihm nicht eingefallen zu desertieren. Über eine weit entfernte Verwandtschaft hatten wir einen ehemaligen serbischen Offizier in Belgrad als Verwandten. Man sagte damals, der Krieg ist verloren, geh doch hinüber, hol dir Zivilkleidung und der Fall wäre erledigt.

Von seiner Tante Angela hielt der junge Edgar Piskernik lieber Abstand. Sein Slowenisch war ihr zu schlecht.

Ein einziger meiner Cousins ist gefallen. Er wurde in Belgrad im Dezember 1944 von den Russen gefangen genommen und es soll jemand eine Handgranate geworfen haben von den deutschen Soldaten und daraufhin wurde die ganze Truppe niedergemacht.

Mein Onkel ging dann selbst 1947 nach Belgrad in der Hoffnung, wenigstens das Grab zu finden.

Er ist zutiefst gekränkt und enttäuscht zurückgekommen. Es war nichts herauszufinden.

Er war einer von Millionen, der da verloren ging, nur von ihm war es der einzige Sohn.

Tante Dr. Angela Piskernik im KZ

Tante Angela war zutiefst gekränkt, dass wir ihre Sprache, für die sie so gelitten hat, Slowenisch, nicht perfekt gesprochen haben. Ich persönlich hatte in meiner ganzen schulischen Ausbildung nur Deutsch gesprochen. Der Ortsgruppenobmann der NSDAP war der Schuldirektor in Eisenkappel.

Die Verunsicherung war natürlich groß und daher bin ich, wenn sie durch Eisenkappel gegangen ist, einsam und wenig bekannt, lieber auf der anderen Straßenseite weitergegangen, um nicht mit hoch erhobenem Finger Belehrungen zu hören. Ich glaube, sie war dem „Ismus" erlegen. Deshalb ist sie auch nicht zu meinen Eltern gekommen, die sicher sehr tolerante liebevolle Menschen waren.

Die arme Tante Angela war geprägt von dem Unglück. Wie komm ich dazu, hat sie sich wohl gefragt, das alles mitmachen zu müssen durch meinen Jahrgang 1886.

Sie hatte ein offenes Herz sowohl bei meiner Cousine Stefanie als auch beim Onkel Koschnik gefunden, weil ihre Mutter hier gelebt hatte bis 1938. Es gibt die entzückendsten Bilder, wo sie draußen sitzt und fotografiert wurde.

Das Kriegsende

Es hat ja Durchhalteparolen bis Mai 45 gegeben, auch hier in dem winzig kleinen Nest in Eisenkappel. Wie dann plötzlich der Pfarrer Alexius Zechner in der Schule auftauchte, aufstehen sagte und slowenisch zu sprechen begann. Da wussten wir, um Himmels Willen, jetzt haben wir den Krieg verloren. Wir, die noch nicht 10-Jährigen.

Das Schwierigste dabei war, dass die Rache der Partisanen derart groß war. Dass harmlose alte Bürger requiriert und irgendwo in den Höhlen Sloweniens umgebracht wurden. Aber damals waren vom ersten Tag an Requirierungspapiere da und viele Leute, die wir sehr schätzten, wie der alte Uhrmacher Ortner, wurden einfach genommen, hinein in einen LKW und ab die Post. Da gab es ein Auffanglager in der Nähe von Völkermarkt. Dort hatte z. B. meine Cousine Stefanie das Glück, dass sie zusammen mit zehn anderen Jugendlichen wieder entlassen wurde. Der Rest ist nie mehr wieder gekommen.

Die Zurückkommenden kamen meistens aus den Anhaltelagern, im Konzentrationslager waren ja die wenigsten. Unsere Tante Angela war im KZ, die war in Deutschland im KZ drinnen, das andere waren Anhaltelager. Die waren glücklich, wieder daheim zu sein, und man versuchte, die kleinen Probleme zu lösen. Es fiel mir als Kind nicht auf, dass es Schwierigkeiten gegeben hätte.

Viel größer war die Angst der Bevölkerung, es könnte zu einer dauerhaften Besetzung kommen durch den Titokommunismus. Der Situation Titos verdanken wir, dass es dazu nicht kam. Weil er sich von Russland abgesetzt hat. Russland, Ungarn, Tschechien – alles war schon arrangiert.

Tito wollte aber seinen eigenen Weg gehen. Dadurch wurde er geschwächt, da er nicht mehr das große Russland hinter sich hatte.

Der Bruder in russischer Gefangenschaft

Mein ältester Bruder durfte in russischer Gefangenschaft 1946 die erste Postkarte schreiben. Aus Tula südlich von

„Lieber Emil, komm möglichst bald heim, es ist jetzt in Eisenkappel eine Puch TF zu bekommen. Eine 250 ccm Puch. Die würden wir sofort kaufen aus lauter Freude, dass du wieder zurück bist, und dann fahren wir in die Welt hinaus", schrieb der zehn Jahre alte Edgar an seinen Bruder (Film-Still).

Moskau kam sie, in einem Kohlerevier hat er gearbeitet. Er hat alle Briefe, die wir ihm schrieben, wieder zurückgeschickt aus der Gefangenschaft, damit das Sammeln möglich war.

Und da schreibt ihm mein Vater, er wisse nicht, warum wir als Familie, die wir immer gegen den Nationalsozialismus waren, nie Mitglieder waren und nie dafür waren, warum er, sein Sohn, das alles miterleben muss. Wenn er noch weiter dort bliebe in Gefangenschaft, werde er im Studium größte Probleme bekommen, denn dann seien die anderen, die hier später eingestiegen sind, weit vor ihm. Der Brief ist mit Schreibmaschine getippt, damit nichts herausgestrichen werden kann.

Je schlechter die Handschrift war, desto mehr wurde herausgestrichen in der Annahme, das könnte gefährlich sein. Ich durfte mit zehn Jahren den ersten Teil des Briefes damals schreiben, und der bestand darin: „Lieber Emil, komm möglichst bald heim, es ist jetzt in Eisenkappel eine Puch TF zu bekommen. Eine 250 ccm Puch. Die würden wir sofort kaufen aus lauter Freude, dass du wieder zurück bist, und dann fahren wir in die Welt hinaus."

Mein Bruder war voller Hochachtung seinen russischen Mitarbeitern in der Kohlengrube gegenüber. Sie teilten das letzte Brot mit ihm. Emil hatte das Glück, dass er Nichtraucher war. Dadurch konnte er seine drei Zigaretten, die er am Tag bekommen hat, weitergeben. Sie litten, wie wir litten. 1947 erst kam mein Bruder aus der Kriegsgefangenschaft zurück. Mit einer Lungenkrankheit, mit Beinen, die dick waren wie die Stiefel, weil das Herz schon so schwach war. Also dass wir ihn wieder hochbekommen haben, war eine tolle Leistung meiner Mutter. Es war so wahnsinnig berührend, diese Gemeinschaft des Dorfes. Wie sie hörten, der Emil ist zurück, da war der Platz vor unserem Haus schwarz vor Leuten, die ihm am Abend ein Ständchen brachten. Jeder Einzelne hatte irgendjemanden im Krieg und empfand das Glück, jetzt ist wieder einer zurück.

Zweisprachigkeit

Perfekt Slowenisch und Deutsch sprechen, das wäre bei einer Bilingualität das Wünschenswerteste. Ich habe es erst später gelernt. Da konnte ich es dann so gut, dass ich meinem Gegenüber sagen konnte, sprechen sie Slowenisch, ich verstehe sie. Nur sollen sie sich nicht erwarten, dass ich emotional Slowenisch spreche. Das kann ich nicht. Meine Sprache ist deutsch, mein Denken ist deutsch, meine Literatur, meine Kunst ist deutsch.

Ich lehne es nicht ab, sondern so wie in Kärnten überhaupt, hätte ich es gerne, um die Problematik zu lösen, dass es nur Slowenisch sprechende Kärntner gibt und Deutsch sprechende Kärntner, das ist alles. Wir sind alle, wenn wir genetisch untersucht werden würden, die gleichen. Das muss man erst einmal verstehen. Je kleiner ein Volk ist, desto nationalistischer ist es, und je größer, desto liberaler, europäischer ist es. Man muss dieses Kleingestrickte endlich ablegen und sagen, ich bin gleich wie du. Wir haben überhaupt keine Unterschiede, nur du sprichst lieber Slowenisch und ich spreche lieber Deutsch.

Die Sache mit dem Ismus

Ich habe 1954 maturiert. Etwas ist mir erst jetzt aufgefallen.

In diesem Land, in dem aus einer sehr reichen, renommierten, klugen, alten jüdischen Familie ein Ministerpräsident Kreisky österreichischer Bundeskanzler werden konnte. Der hat auf das Wort Sozialdemokratie so viel Wert gelegt. Ich habe damals gedacht, dass ist wieder so eine Idee von ihm, keine Ahnung, warum der Sozialismus ihm zu wenig war. Jetzt verstehe ich es. Der „-ismus" des Sozialismus ist wieder der allein seligmachende Ismus. Kreisky in seiner unendlichen Klugheit hat das gewusst und hat daraus Sozialdemokratie gemacht und nie mehr von Sozialismus gesprochen. Das ist eine schöne Sache, wenn man kluge Leute hat.

KAROLINE HADERLAP
letnik 1938

Karoline Haderlap je bila iz revne delavske družine. Oče je bil v nemški vojski, mati je delala kot dekla, da je imela za tri otroke. Deklica Karoline je hodila rada v šolo in sanjarila, da bo nekoč učiteljica gospodinjstva. V uk pa je šel samo brat. Smel se je učiti za krojača, da si bo zaslužil za življenje. Po vojni, oče je bil še pogrešan, se je družina preselila na kmetijo Rastotschnig. Karoline je delala skupaj z eno od hčera in z eno od deklet, ki je preživela pokol pri Peršmanovih. Kmetija je bila velika in dela obilo. V 50-tih letih bi Karoline rada šla kdaj ven, a je bila mati stroga in pazila na hčerko. Pa še gostilno so imeli v neposredni bližini, kjer je ravno ob koncih tedna igrala glasba. Spoznala je mlajšega brata Antona Haderlapa in se poročila. Bila je še mladoletna, zato je mati morala dati pristanek. Tašča je preživela logor Ravensbrück in kazala le malo razumevanja za snaho, katere oče ni bil pri partizanih.

Karoline Haderlap
Jahrgang 1938

Eine Riesenangst hatten wir, immer.

Meine Familie war eine Arbeiterfamilie. Der Vater und seine
Brüder arbeiteten alle beim Grafen Thurn. Seine Eltern
kamen aus dem Remschenig-Graben, und meine Mutter kam
aus Leppen, aus einer Familie mit 16 Kindern. Sie lebten in
Armut und gaben, wie es damals üblich war, die Buben so
mit sechs bis acht Jahren zu den Bauern zum Arbeiten. Die
wenigsten gingen zur Schule, nur meine Mama hat Schreiben
und Lesen gelernt. Sie hat dann im Laufe ihres Lebens sehr
viel gelesen und sie hat dann die Sprache gut erlernt durch
Lesen.
1939 oder 1940 musste der Vater schon einrücken, da war
die Mutter mit drei Kindern allein oben. Sie hatten zwei Kühe
und zwei Jungtiere, ihre Schwestern halfen noch ein bisschen

*Immer wenn
einer erschossen
wurde, wurde er im
Grünen begra-
ben. Fünf Onkel
hatte ich mütter-
licherseits. Zwei
fielen im Krieg als
Wehrmachtssol-
daten und drei als
Partisanen, erzählt
Karoline Haderlap
(Film-Still).*

mit. Auch Schweine hatten sie. Einmal, dass ist das einzige Andenken, das ich an meinen Vater habe, kam er auf Urlaub. Den ganzen Tag haben meine Schwester, mein Bruder und ich mit dem Hund gewartet, wann er wohl kommt. Da sind wir so gelaufen. Das war das letzte Mal, dass ich ihn sah. Neun Monate nach diesem Urlaub, 1944, bekam meine Mutter noch ein Kind. Dieses Mädchen bekam Diphterie und starb, als es ein Jahr alt war. Meine Mutter trug es nach Eisenkappel zum Arzt, aber es war schon zu spät. An das Sterben meiner kleinen Schwester kann ich mich noch gut erinnern.

Und an die Schießereien. Es kamen oft Polizisten, die auf der Suche nach Partisanen waren. Sobald sich was bewegte, schossen die. Einmal waren sie beim Kartoffelsetzen, da hörten wir wieder Schüsse und mein Bruder und ich, wir versteckten uns hinter dem Haus. Meine Mutter wurde auch verhört von den Uniformierten, mit Gewalt. Man bedrohte sie so richtig und sie musste erzählen, wo die Partisanen waren und wer und wie und was. Sie hatte solche Angst und wir Kinder standen dabei und dachten, wenn sie jetzt die Mama abschießen. Eine Riesenangst hatten wir, immer. Ein Bruder meiner Mutter war bei den Partisanen und die kamen vorbei in der Nacht und haben hier Essen erbettelt. Eines Nachts müssen sie ihn erwischt und erschossen haben. Eine Tante hat die Schuhe gesehen, die da lagen, und hat die Schuhe erkannt. Immer wenn einer erschossen wurde, dann wurde er im Grünen begraben und nach dem Krieg erst rausgeholt, so wie überall. Fünf Onkel hatte ich mütterlicherseits. Zwei fielen im Krieg als Wehrmachtssoldaten und drei als Partisanen.

Nach dem Krieg

Meine Schwester ging zur Schule, mein Bruder ging zum Bauern und machte eine Schneiderlehre, und ich ging mit meiner Mutter zum Rastotschnighof, in das kleine Haus, das jetzt noch da steht. Da waren zwei Brüder drin, zwei Onkel und eine Schwester. Alle, und die Großmutter. Und dann kam ich mit der Mutter dazu und arbeitete dort drei Jahre. Die hatten Pferde und Ochsen, da wurde geackert, Kartoffeln wurden gesetzt, Getreide gesät und geerntet. Wir waren drei Mädchen: Eine vom Peršman, eine vom Haus und ich. Es hieß immer nur, du musst dies machen und das machen. Freizeit gab es keine. Ich wäre gern mal weg, aber ich war noch zu jung und die Mutter hat sehr auf mich aufgepasst. Wir hatten zwar Deutsch gelernt, aber untereinander sprachen wir nur Slowenisch. Außer, wenn Fremde kamen, dann sprach man Deutsch, was man so konnte. Später, als die Kinder nach Klagenfurt zur Schule fuhren, wurden sie oft beschimpft als Windische, die zurück über die Grenze gehen sollten, wenn sie untereinander Slowenisch sprachen. Man hat sie nicht gut behandelt. Ich habe immer gern gelesen und fing dann an zu schreiben. Ich wäre gern Handarbeitslehrerin geworden, aber das war nicht möglich. Mit 20 heiratete ich dann Zdravko Haderlap, den jüngeren Bruder von Anton Haderlap. Ich war noch so jung, dass meine Mutter für mich unterschreiben musste. Mein Vater war ja vermisst. Er soll bei einem Bombardement einer Fähre ertrunken sein. In der Familie, in die ich einheiratete, war es genau umgekehrt: Dort war der Vater zu den Partisanen gegangen. Meiner blieb bei der Wehrmacht, weil er dachte, so könnte er seine Familie schützen. Meine Schwiegermutter war im KZ Ravensbrück. Oft sagte sie zu mir, das müsste man einmal mitmachen, um zu wissen, wie das Leben wirklich ist, und dass ich nichts vom Leben wüsste. Ich war aber doch nicht Schuld daran, dass sie so gelitten hat. Sie hatte es wirklich schwer und ich fügte mich hinein.

Bedi Böhm-Besim

letnik 1940

Bedi Böhm-Besim se je rodil kot sin Armenke in Avstrijca v
Istanbulu in pri treh letih prišel v Železno Kaplo, kjer je bil
doma oče. Slednjega so poklicali v nemško vojsko, mama je
ostala sama z otroki. Govorila je armensko, turško in grško,
nemščine pa se je, kot tudi otroci, morala še naučiti. Stric
Bedija Böhm-Besima Rudolph je bil NSDAP-jevec in krajevni
župan. Njega so z ženo vred odvlekli partizani 9. maja 1945.
Pobič iz Istanbula je prišel v nemški vrtec in ljudsko šolo,
kjer se je skupaj s sošolci učil nemščine. Nič teže mu ni bilo
kot ostalim učencem, ki so bili iz slovenskih kmečkih družin,
saj sta si bila njihovo narečje in knjižna slovenščina daleč
vsaksebi. Po vojni je oče Adil Böhm-Besim na Dunaju odprl
trgovino z orientalskimi preprogami. V hiši na kapelskem
glavnem trgu pa je Bedi prebil vse počitnice in praznike. Ko
se je ob upokojitvi za stalno preselil tja, je postal dejaven v
izseljenskih zadevah. Na njegovo spodbudo so na mestnem
pokopališču postavili spomenik pogrešanim izseljencem iz
Železne Kaple.

Bedi Böhm-Besim

Jahrgang 1940

... wie ich Deutsch gelernt habe, weiss ich nicht

Meine Großeltern sind alle aus Bad Eisenkappel. Mein Vater wurde aber sehr jung Vollwaise und ging mit 18 Jahren in die Türkei. Zuerst baute er Baumwolle an. Dann hatte er fünf Fabriken und arbeitete oft mit Deutschen oder Österreichern zusammen. Schließlich kaufte er nach und nach das erste Kühlhaus zum Goldenen Horn, das heißt, alle Frachter, alle Lastschiffe, die kamen, mit deren Fracht wurde dieses Kühlhaus gefüllt, weil es am nahesten zum Meer war und es musste alles sofort gekühlt werden. Daher war unseres immer als erstes voll, mein Vater hatte sehr gut verdient. Er kam in den Orient unter dem Namen Adolf Böhm und als er meine Mutter heiratete, dann musste er einen türkischen Familiennamen dazunehmen, damit sie ihn leichter eintürkisieren konnten. Sie änderten die Papiere, das war ja damals sehr einfach, kein Mensch nannte ihn Adolf, jeder hat zu ihm Adil gesagt. So wurde aus Adolf Adil und zu Böhm passte gut Besim: Adil Böhm-Besim. Wir wurden natürlich türkisch erzogen. Wir sind alle Muslime. Es wurde bei uns nur Türkisch gesprochen, weil mein Vater nicht Armenisch konnte. Armenisch ist sehr schwierig, man kann kein Wort lesen und keinen Buchstaben. Solange meine Mutter lebte, wurde, wenn sie dabei war, mit meiner Mutter immer Türkisch gesprochen. Wenn wir in der Küche waren, sprach man mit der Mutter

Bedi Böhm-Besims Mutter war Armenierin. Auf diesem Foto trägt sie den klassischen Tschador.

Türkisch, mit dem Bruder Deutsch, mit dem Vater Deutsch und es ist ganz kreuz und quer gegangen. Warum? Meine Mutter konnte ja Deutsch. Sie hatte zwar einen Akzent, aber sie konnte jedes Wort verstehen. Aber mit ihr, komischerweise, sprachen wir immer Türkisch. Sonst hätte ich wahrscheinlich das Türkische längst vergessen, weil ich es ja nur sprechen und nicht schreiben kann.

Heim nach Österreich

Im Frühjahr 1943 wurden alle Auslands-Österreicher und Auslands-Deutsche einberufen. Jetzt hätte mein Vater sofort die türkische Staatsbürgerschaft annehmen können, er war schon über 20 Jahre dort. Aber die Türken waren zwar im Zweiten Weltkrieg nicht dabei, im Ersten schon, im Zweiten nicht, und sie waren sehr deutsch-feindlich. Meine Eltern entschieden, alles zu verkaufen. In Deutschland wurden Kisten gemacht in einer gewissen Normgröße und man konnte dort hineingeben, was man wollte, sie wurden zugenagelt

Mutter Böhm mit ihren Kindern auf der Wiese in Kärnten. Bedi Böhm-Besims Vater war in dieser Zeit bei der Wehrmacht .

und plombiert, ohne nachzuschauen, und ins Deutsche Reich geschickt, wo man sie hinhaben wollte.

Meine Mutter nahm das Geld und ging zum Basar, um dort Teppiche zu kaufen, mit der Handtasche, als Frau 1943! Was für eine Ausnahmesituation! Aber meine Mutter konnte perfekt Armenisch, sehr gut Türkisch logischerweise und recht gut Griechisch. Und damals war der Teppichhandel in Istanbul in armenischer und in griechischer Hand. Das heißt, sie konnte sich leicht verständigen und gut einkaufen. Von den Teppichkisten gingen etwa 20 nach Eisenkappel, 10 nach Wien und zwei oder drei nach Berlin zu einem Bruder meines Vaters. Aus diesem Bestand wurde dann 1947 in Wien unter dem Namen Adil Besim das Teppichgeschäft begründet mit einem Cousin meines Vaters. Mein Vater war perfekt im Verhandeln.

Adil Böhm-Besim war ein begabter Kaufmann und baute in Wien nach dem Krieg ein Teppichgeschäft auf.

Besatzungszonen

Es war hier im Haus, weil das ein nationales Haus war, die FSS drinnen. Das war der Field Security Service der Engländer. Genau unter uns in dem Wohnzimmer. Immer Offiziere. Und daneben, wo jetzt die Galerie Vorspann ist, waren Teppiche so hoch gestapelt. Da lagen die Soldaten drauf. Nicht ein einziger Teppich kam weg unter der Besatzungszeit.

Die passten alle auf. Des Einzige, was sie einmal kaputt gemacht haben, war ein Rolleau-Schreibtisch, so ein englischer. Den schnitten sie mit einem Bajonett auf, weil sie den Schlüssel dringelassen hatten. Des war des Einzige, was kaputt war. Der Palker, der Kriegskamerad vom Vater war, sollte dann die 20 Teppichkisten nach Wien fahren. Aber er wollte nicht, denn die Strecke ging durch vier Alliierten-Zonen, die verhaften ihn, meinte er. Daraufhin lieh sich mein Vater Palkers uraltes Lastauto gegen Kaution und fuhr selbst. Die Anna-Brücke war die erste Station, dort waren die Engländer.

Mein Vater war ein Schlitzohr, er hatte vom Fleischhauer Höngimann große Schinken und zehn Stangen Wurst gekauft und legte vor jeder Kontrolle hinten auf die Kisten immer einen Schinken hin und drei Stangen Wurst. Dann kam die Grenzkontrolle und fragte, was er mithabe. Mein Vater antwortete, Textilien, altes Gewand, dafür waren Papiere da. Hinten sei offen, er solle nachgucken. Dann ging der Militärpolizist nach hinten zum Nachschauen, kam wieder nach vorn, gab die Stempel und mein Vater konnte weiterfahren. Und der Schinken und die drei Würste waren weg. Bei der nächsten Stelle dasselbe wieder und wo die Russen waren, da gab mein Vater drei Schinken und fünf Würste. Und auch die waren weg. Damit kam er nach Wien und machte dann mit den Wiener Waren das Geschäft: In erster Generation Onkel und Vater, die zweite Generation war der Bruder und der Fritzi, der Cousin, und die dritte

Die Böhm-Kinder in Istanbul mit langen Locken und im Kleid. So kamen wir hierher. Wir waren noch nicht einmal zur Tür herein, da waren wir schon vis-à-vis beim Frisör – Haare ab.

*Besuch vom Vater
im Winter 1944/45.*

Generation ist bereits der Sohn von meinem Bruder und auch
mein Sohn, der die Teppich-Wäscherei und Reparaturwerk-
stätten leitet.

Erst mal zum Friseur in Eisenkappel

Als wir 1943 nach Eisenkappel kamen, wohnten wir noch
nicht hier im Haus. Meine Mutter konnte kein Wort Deutsch,
wir Kinder sowieso nicht, wir sprachen Armenisch. Wir
kamen, das war in der Türkei üblich, als Kleinkinder mit langen Locken und im Kleid. Das war damals im Orient üblich.
So kamen wir hierher in ein nationales Haus. Wir waren
noch nicht einmal gescheit zur Tür hinein, da waren wir
schon vis-à-vis beim Friseur – Haare ab. Und dann zogen wir
hinauf in die Villa Panz, die einem Onkel von mir gehörte.
Dort war Platz für uns, dieses Haus am Hauptplatz war
voll. Mein Vater musste sofort einrücken und war gleich in
Kampfhandlungen verwickelt. Nach einem halben Jahr kam
er wegen seiner Fremdsprachenkenntnisse zur Spionageab-
wehr. Er musste Todesurteile als Dolmetscher unterzeichnen,

links unten durfte nur der Dolmetscher unterschreiben. In der Deutschen Wehrmacht war alles genau reglementiert. Da hatte jeder seine Unterschrift dorthin setzen müssen, wo es eben vorgesehen war. Aber da steht nun sein Name, und wenn das irgendeiner zu sehen bekäme, der sich nicht auskennt, meint der noch, der habe ein Todesurteil unterschrieben.

Mein Vater überstand die letzten zwei Kriegsjahre unbeschädigt. Er hatte natürlich da unter der Achsel, weil er bei der Waffen-SS war, die Runen, das SS-Zeichen tätowiert, das ließ er sich Jahre später wieder wegmachen. Man merkte das nicht mehr. Man hat dann nur Angst gehabt, nach dem Krieg, hatte meine Mutter immer erzählt, dass mein Vater immer mit der Pistole ins Kino gegangen ist und sämtliche Dokumente, die er gehabt hatte, alle vernichtete.

Ein Onkel aus dem Hause Böhm-Besim in Uniform.

Der Familiensitz am Hauptplatz

Es spielte sich hier alles ab. Ich ging hier eineinhalb Jahre in die Volksschule und dann auch natürlich nach Wien. Wie ich Deutsch lernte, das weiß ich nicht. Als Dreijähriger weiß man das nicht. Ich ging hier damals zuerst in den deutschen Kindergarten wie alle anderen. Habe wohl dort Deutsch gelernt, hab' hier in der ersten Klasse Volksschule natürlich auch Slowenisch bei der Mara Piskernik gelernt, aber, wenn ich so mit meinen Freunden sprach, sagten die, ich hätte es auch nicht viel leichter als sie, denn sie würden Slowenisch genauso lernen wie ich und zu Hause Windisch reden. Und zwischen Windisch aus den Gräben und Slowenisch sei ein derartiger Unterschied, dass die sich gegenseitig nicht verstünden. Daher mussten die genauso Slowenisch lernen wie alle

anderen. Hier war ich immer
die zwei Monate Ferien im
Sommer, vierzehn Tage zu
Weihnachten, vierzehn Tage
in den Osterferien. Bei mei-
nen Kindern genau dasselbe.
Auch ich habe drei Kinder.
Die Gattin ist Hausfrau
gewesen. Das heißt, ich hab's
Ende Juni hergebracht, zwei
Monate waren die da, Ende
August hab ich sie wieder
geholt. Ich war 25 Jahre im
Baufach tätig und gerade
Sommer war bei uns Saison.

Mit diesem Haus verhielt
es sich so, dass mein Vater

*Das Stammhaus
der Familie Böhm
am Eisenkappler
Hauptplatz.*

immer meinte, das dürfe nur einer haben. Denn als er das
Haus übernahm, gehörte ihm davon ein 47stel. Es gab von
den Großeltern neun Geschwister, zwei waren tot, zwei Mädchen, alles andere waren fünf Burschen, alle Offiziere, Lehrer
und Beamte. Der Onkel Albert war in Deutschland Bürgermeister und mein Onkel Rudolph war hier Bürgermeister
zwischen 1938 und 1945. Ich habe noch einige Dokumente,
wo irgendein Bauer den Onkel Rudolph anschreibt und ihn
um Hilfe bittet als Bürgermeister. Und dann versuchte er, den
Bauern da herauszuholen. Erstens wusste er die Sätze: Das ist
ein Erbhof, es ist der einzige Sohn, alle anderen Brüder sind
im Krieg, das ist der Älteste. So holte er ihn sozusagen heraus
aus der Wehrmacht und er konnte den Hof weiterführen.
Dafür wurde er immer lobend erwähnt. Ich war drei Jahre
alt, da kann man über die nationale Seite nichts mehr sagen,
das wäre gelogen, wenn ich da was erzählte.

Eigentlich sollte der Vater vom heutigen Apotheker Edgar
Piskernik, der Revierinspektor war damals, Bürgermeister

Bedi Böhm-Besim und sein Bruder Ferdi, mit kurzen Haaren, lernten im Kindergarten und in der Eisenkappler Volksschule Deutsch und sogar ein paar Brocken Slowenisch.

Rudolph Drechsler, der Onkel von Bedi Böhm-Besim, war der Bürgermeister von Eisenkappel bis 1945. Er wurde mit seiner Frau von Partisanen verschleppt und wohl ermordet.

werden. Der Revierinspektor schlug aber meinen Onkel vor, man solle den Drechsler nehmen, der sei bei der NSDAP. Später machte sich Edgar Piskerniks Vater deshalb die ärgsten Vorwürfe, dass er den Onkel Rudolph vorgeschlagen hatte, weil der zusammen mit meiner Tante Anna am 9. Mai 1945 von den Partisanen mitgenommen worden war und beide nicht mehr zurückkamen.

Am Anfang hieß es, sie seien in Lischa erschossen worden, mittlerweile wissen wir, dass sie, weil sie „Höhere" waren, nicht in Lischa waren, sondern noch zum Verhör nach Laibach gebracht wurden. Meine andere Tante Adele hatte in dieser Zeit das große Glück, dass sie am Petzenhof bei der Familie Welz war. Dort hatte sie, obwohl sie schon in Pension war, die Buchhaltung gemacht.

Wir hatten hier ein weißrussisches Hausmädchen seit den 20er Jahren, Stanislava Sikorska, die für uns schon zur Familie gehörte. Und die verstand Slowenisch und Serbisch und so weiter und hatte verstanden, dass meine Tante auf der Liste stand, versteckte und versorgte sie vier Tage lang im Keller. Danach war ja der Spuk aus. Diese Tante Adele war von meinem Vater immer finanziell unterstützt worden, deshalb vermachte sie ihren Anteil am Familiensitz an meinen Vater.

Bedi Böhm-Besim erinnert sich besonders gern an einen Fahrradausflug mit seinen Freunden Anfang der 50er Jahre (Film-Still).

Unterwegs in der Zweisprachigkeit

Als ich 12 Jahre alt war, fuhr ich mit meinem Bruder und dem Otto aus der Nachbarschaft mit den Farrädern nach Trögern hinein. Die meiste Zeit schoben wir diese alten Räder, die schwerer waren als wir, und kamen schließlich beim Smrtnikhof an. Hungrig waren wir immer und ich war immer der Älteste, das heißt, mich schickten sie immer vor. Und so fragte ich die Frau Smrtnik, ob wir ein Butterbrot haben könnten. Sie antwortete auf Slowenisch, ich verstand kein Wort. Da sagte ich, bitte, ich kann kein Slowenisch, aber wir hätten gerne ein Butterbrot, weil wir drei Stunden bis zum Hof unterwegs waren und auch drei Stunden wieder nach Hause brauchen werden.

Sie sagte wieder etwas auf Slowenisch und ging weg. Dann kam ihr Mann und fragte, was wir wollten. Er sprach Deutsch mit uns. Und während er noch redete, kam seine Frau schon mit einem Tablett, da waren Butterbrote drauf mit dick Honig und ein Glas Milch dazu. Sie hatte uns perfekt verstanden!

Und das Butterbrot, ich sehe es noch vor mir, das musste man ganz gerade halten, weil sonst der Honig heruntergelaufen wäre. Das war wirklich gut. Und als wir dann wegfahren wollten, sagte ich, pro forma, was wären wir denn schuldig? Und da hat der alte Smrtnik mich hinausgeschmissen!

211

Als Bub verstand Bedi Böhm-Besim, dass ihn die Slowenen auch verstehen, wenn er Deutsch spricht. Ein Honigbrot bekam er jedenfalls (Film-Still).

Schweigen des Vaters

Mein Vater war nie national, er verlor auch über den Krieg nie ein Wort. Immer nur über seine Nachkriegszeit, Vorkriegszeit und so weiter, darüber erzählte er immer wieder viel, aber über den Krieg selbst, wie es ihm ergangen war: immer Stillschweigen. Warum, das kann ich nicht sagen, er wird sicher seine Gründe gehabt haben.

Selbstverständnis

Ich bin ein Österreicher und bin ein glühender Kärntner. Weil ich seit meiner Schulzeit hier war, die ganzen Freunde, die auch schon in meinem Alter sind, wir pflegen immer noch unsere Freundschaft. Ich hatte dieses Gefühl gar nicht gehabt, nicht Österreicher zu sein. Mit drei Jahren denkt man darüber überhaupt nicht nach. Man denkt auch mit zehn Jahren nicht nach und damals auch mit 14, 15 Jahren nicht. Uns ist mit 14, 15 noch gesagt worden: So machst du es. Und dann haben wir es auch so gemacht weil wir so erzogen worden waren. Da gab es keine Widerrede. Na, und bei meiner Mutter schon überhaupt nicht.

Verzeichnis der Ortsnamen

Fotonachweise

Besonderer Dank an – Posebna zahvala

Gottfried Besser
Ernst Blajs
Bedi Böhm-Besim
Anton Haderlap
Karoline Haderlap
Ottmar Maloveršnik
Ingomar Nečemer

Josef Nečemer
Grete Niederdorfer
Otto Niederdorfer
Lydia Ortner
Katharina Petschnig
Edgar Piskernik
Friedl Piskernik

Stefanie Piskernik
Mara Pradetto
Vladimir Prušnik
Anna Sleik
Edeltraud Weitzer
Adolf Welz

Und weiters – in nadalje

Christel und Bedi Böhm-Besim
Ferdinand Bevc
Viktoria und Paul Bevc
Peter Dolinšek
Stefanie und Paul Dolinšek
Angelika Dreier
Brigitte Entner
Siegfried Greßl
Jakob Grubelnik Renate Hassanein
Veronika und Andreas Jerlich
Maria und Hanzi Karničar
Maria Kastrun
Erni Klavora
Irena Knez
Peter Kordesch
Patricia und Gottfried Lipusch
Manuela Lobnik Helmut Malle
Janko Malle
Ivan Muri
Franziska und Ingomar Nečemer
Valentin Orasche
Günther Oraže
Friedl Osojnik
Andreas Ošina
Damian Ošina
Sandra und Michael Ošina
Tomi Ošina

Willi Ošina
Daniel Pasterk
Josef Pasterk
Franz Pirčer
Barbara Prušnik-Putzer
und Arthur Putzer
Lisa Rettl
Erich Ročnik
Daniela Sadolschek
Raimund Sadovnik
Florian Schupanz
Rudolf Slanovc
Regina und Franz-Josef Smrtnik
Ilse und Wolfgang Sonnberger
Christoph Steinacher
Siegrid Sporn
Traudi Urschitz
Urša Valilč
Ivo Vranič
Bernhard Weinzierl
Edeltraud Weitzer
Rosemarie Wernig
Primus und Hannes Wesenscheg
Markus Zeppitz
Leopold Zunder
Bredica Zupanc

UND WEITERS – IN NADALJE

Gemeinde Eisenkappel-Vellach/Železna Kapla-Bela
Freiwillige Feuerwehr Bad Eisenkappel
Kärntner Landesarchiv
Landesbildstelle Kärnten
Muzeum novejše zgodovine Ljubljana
Pfarre Eisenkappel/Župnija Železna Kapla-Bela
Slowenischer Kulturverein Zarja/Slovensko prosvetno društvo Zarja
Slowenisches wissenschaftliches Institut/Slovenski znanstveni institut
Slowenischer Kulturverband Klagenfurt/Slovenska prosvetna zveza Celovec
Verein-Društvo Peršman

DARSTELLERINNEN – IGRALEC/IGRALKA

Katja Auprich
Florian Auprich
Kristina Besser
Felix Besser
Thomas Besser
Helfried Besser
Ferdinand Bevc
Paul Bevc
Erich Bolterl
Samira Cuderman
Irina Cuderman
Jakob Dolinšek
Paul Dolinšek
Peter Dolinšek
Nathalie Dreier
Bianca Dreier
Marianne Ellersdorfer
Ines Figo
Felix Figo
Majda Furjan-Kutschnig
Jonas Geuyen
Erich Grascher
David Grubelnik
Sebastian Grubelnik

Franz Haderlap
Zdravko Haderlap
Benjamin Hassanein
Renate Hassanein
Valerie Hitz
Valentin Hitz
Florentina Hitz-Uneg
Dominik Hribar
Matthias Jenschatz
Andreas Jerlich
Herbert Jerunitsch
Gabriel Juhos
Manfred Juhos
Kathi Jug
Hanzi Karničar
Gregor Karničar
Jana Karničar
Julja Karničar
Andreas Kastrun
Robert Kauer
Franz Klemenšek
Herbert Kogoj
Nicole Kotogany
Armin Kuchar

Gerald Kuchling
Tim Kumer
Mathilde Kurath
Engelbert Kutschnig
Lambert Kutschnig
Margarete Kutschnig
Dunja Kutschnig
Darijo Kutschnig
Markus Lamprecht
Martin Lamprecht
Michael Lamprecht
Renate Lamprecht
Sarah Lamprecht
Stefan Lamprecht
Tobias Lamprecht
Jolanda Lipusch
Andrea Lippusch
Bernhard Lipusch
Daniel Lippusch
Monika Lippusch
Valentina Lobnik
Anna Malle
Helmut Malle
Thomas Malle

Christina Marchl
Ema Marchl
Daniel Melanac
Erich Mickl
Zdravko Miklau
Florian Miklau
Evelin Muchar
Ivan Muri
Ramiz Music
Felix Nečemer
Franziska & Ingomar Nečemer
Florian Nečemer
Mathias Nečemer
Michael Nečemer
Valentin Nečemer
Rosi Nečemer
Thomas Nečemer
Manuela Olip
Anja Orasche
Josef Orasche
Mitja Orasche
Igor Orasche
Romario Orasche
Silvia Orasche
Krista Orasche-Tobe
Emi Oraže
Maria Oschina
Martin Oschina

André Ošina
Andreas Ošina
Damian Ošina
Johann Ošina
Jonas Ošina
Josef Ošina
Karl Ošina
Mihi Ošina
Katja Ošina
Maria Ošina
Michaela Ošina
Monika Ošina
Paul Ošina
Raphael Ošina
Tobias Ošina
Willi Ošina
Angelika Osojnik
Christian Osojnik
Daniel Pasterk
Jana Paul
Samuel Paul
Laura Paulič
Lena Paulič
Manfred Pöchein
Rainer Potočnik
Samuel Pototschnig
Titus Probst
Andreas Repnik
Roman Roblek

Christian Romano
Florian Romano
Raimund Sadovnik
Anja Sager
Melissa Sager
Florian Schupanz
Andreas Sluga
Brigitte Sluga
Anna Katharina Smrtnik
Franz-Josef Smrtnik
Regina Smrtnik
Lukas Skorjanz
Niklas Smrtnik
Nina Smrtnik
Miran Smrtnik
Mitja Smrtnik
Verena Smrtnik
Gabriele Stern
Helga Szabo
Fritz Terplak
Patrick Thier
Christopher Tomaschitz
Aki Traar
Heinrich Urbančič
Silvia Urbančič
Edeltraud Weitzer
Manfred Writzl
Leopold Zunder

... für Freya und Lilith / za Freya in Lilith

Gerade rechtzeitig zum 60. Jahrestag
des österreichischen Staatsvertrages wird

DER GRABEN / GRAPA

der breiten Öffentlichkeit vorgestellt.
Der Film (Buch und Regie: Birgit-Sabine Sommer) und das Buch
zum Film samt DVD (Wieser Verlag) sind eine würdige Fortsetzung
der Ortstafellösung, wird doch durch diese außergewöhnliche
Herangehensweise mittels partizipativen Re-Enactments
den Menschen Achtung und Würde zurückgegeben und ihnen
die Möglichkeit gereicht, sich selbst auf den Weg der Mediation
zur Bewältigung des Jahrhunderttraumas einzulassen.